Hertfordshire
COUNTY COUNCIL

Community Information
Libraries

CIRCULATING STOCK ROUTE 40

Please renew / return this item by the
last date shown.
Thank you for using your library.

L32

UN AIR DE FAMILLE

La Peau d'un lion
Payot, 1989
et Gallimard, « Folio », n° 2249

Le Blues de Buddy Bolden
Seuil, « Points Roman », n° R447

Le Patient anglais
(L'Homme flambé)
Éditions de l'Olivier, 1993
et « Points », n° P26

Michael Ondaatje

UN AIR
DE FAMILLE

*traduit de l'anglais
par Marie-Odile Fortier-Masek*

Éditions de l'Olivier

TITRE ORIGINAL
Running in the Family
ÉDITEUR ORIGINAL
W. W. Norton, USA
Copyright original
© Michael Ondaatje, 1982

ISBN : 2-02-033310-4
(ISBN : 2-87929-011-2, 1re publication)

© Éditions de l'Olivier, avril 1991, pour la traduction française

Que serait la littérature de langue anglaise (ou espagnole ou même française) sans l'apport des Amériques et de tous ces pays dans lesquels elle fleurit sous d'autres espèces, riche d'autres cultures et d'autres lieux. La première partie du vingtième siècle a vu le triomphe des grands Américains qui ont fait souffler sur la langue de Shakespeare l'ouragan de l'épopée, les vents moites d'un Sud profond bercé de blues et confiné d'angoisse. Hemingway, Steinbeck, Dos Passos, Faulkner…, tous les géants du roman anglophone naissaient alors aux USA. Mais, depuis quelques années déjà, d'autres romanciers de langue anglaise bouleversent à leur tour l'univers du récit et tracent à travers le monde d'étonnants parcours narratifs. Ils ont pour nom : Salman Rushdie, natif de l'Inde, V. S. Naipaul de Trinidad, Kazuo Ishiguro d'origine japonaise, Michael Ondaatje né au Sri Lanka, anciennement Ceylan.

Aujourd'hui professeur de littérature à Toronto où il réside avec sa famille, Ondaatje, qui a fait ses études en Angleterre, est sans nul doute l'un des écrivains les plus intéressants et inventifs de sa génération. Les jurés littéraires canadiens ne s'y sont pas trompés : ils viennent de lui décerner le prix du Gouverneur général, une des plus hautes distinctions du pays. La critique et les lecteurs français n'ont pas manqué non plus de perspicacité. Salué dès la parution de son premier roman traduit : *La Peau d'un lion,* Michael Ondaatje s'est imposé avec ce troisième titre : *Un air de famille,* une étrange et envoûtante autobiogra-

I

phie. *Un air de famille,* c'est d'abord un voyage : à travers l'espace, à travers le temps, à travers les multiples formes et couleurs (poétiques, romanesques, épiques, lyriques, humoristiques) que le récit caméléon de Ondaatje épouse. Voyage de la mémoire, du souvenir, soudain ravivé par un retour au pays depuis si longtemps quitté et que le romancier redécouvre en le faisant visiter pour la première fois à ses propres enfants. Les lieux, les parfums la nature revus par le double regard du passé (le sien) et du présent (le sien encore mais surtout celui de ses enfants) libèrent des ondes, suscitent des images, ressuscitent des fantômes. Dans le Sri Lanka de Michael Ondaatje, comme dans le Mexique d'un Juan Rulfo ou la Colombie d'un Garcìa Marquez, les frontières qui séparent les réalités et les fantasmes, les êtres de chair et les ombres n'existent que pour être abolies. Ni la rationalité de la vieille Europe ni une certaine rigueur de l'Amérique anglo-saxonne dont le romancier a reçu les leçons ne viennent contrarier, freiner ou canaliser le déferlement d'un univers dont l'exubérance contamine tout. Sous ce ciel des Tropiques, dans la chaleur exagérée d'un climat sans nuances, aïeux et parents surgissent du passé et accompagnent les visiteurs de leurs folies anciennes. Les beuveries, les passions, les amours, se vivent au rythme endiablé de cette île de la déraison. Ici, dans le cadre d'un des plus beaux paysages qui soit, rien ne se vit dans le calme. L'atmosphère est torride, les pluies, diluviennes, les orages, ébouriffés d'éclairs. Comment, dans ce contexte, les sentiments pourraient-ils obéir à une quelconque tiédeur, à une impossible bienséance ? Dans la palpitation d'une nature en éternelle gestation, en éternelle saison des amours et des haines, les corps s'épanouissent dans les jeux complexes d'une sensualité qu'exacerbent et font fleurir la moiteur de l'air, la troublante violence des éléments.

Comment l'enfant qu'il fut, brutalement séparé de cette terre mère, terre ventre, par les dissensions graves qui conduisirent son père et sa mère à divorcer, sa mère à gagner l'Europe, comment donc l'enfant d'hier retrouve-t-il ses marques ? Ondaatje traque le passé, feuillette ses souvenirs retrouvés comme on parcourt un album de photos jaunies. Il écoute les pulsations de son sang, reparcourt la géographie de l'île, cherche comme un détective, comme un policier la trace de ce père ivrogne, grand seigneur, père mythique, père absent. Les images d'une jeunesse dorée, d'une société qui jadis ne se posait aucun problème de revenus, de survie, de simple subsistance, éclatent dans la lumière ambrée des passés révolus. Mais l'intimisme de cette quête du père aux multiples visages, de cet homme d'un autre temps, d'une autre culture dont la figure s'atomise dans les mémoires de ceux qui n'ont gardé de lui qu'un éclat de ce qu'il fut, ne ressemble en rien à tous ces récits autobiographiques écrits à l'ombre trop grande de Proust. Avec Ondaatje, nous avons changé de latitude. L'étroitesse des murs de la maison et de la famille bourgeoise traditionnelle n'existe pas. Le vent de l'épopée, les parfums d'une autre civilisation traversent ces pages, chahutant avec bonheur le cheminement classique vers le passé.

Un air de famille ne ressemble à nul autre retour en terre d'enfance. Ici, le romancier, qui est aussi poète, joue à bousculer le sablier. Le temps de l'île, le temps de la mémoire, le temps de l'enfance, le temps des retrouvailles, le temps de ces journées qui s'aplatissent, presque immobiles au soleil, s'emmêlent et se tissent au bon vouloir du narrateur qui participe de tous, qui les domine tous. Et le récit serpente, glisse comme une liane aux marges du passé, s'entortille autour d'un visage sur lequel il fait fleurir, en guise de pâquerette, une mystérieuse orchidée…

Semblable à cette grand-mère pillarde, éleveuse de poulets et d'enfants, pocharde et géniale qui meurt émerveillée dans le flot d'un torrent déchaîné par un de ces orages d'apocalypse dont l'île a le secret, semblable donc à cette femme multiple, le livre de Michael Ondaatje se moque de la bienséance, de la raison, de la mesure et de l'autobiographie bien soignée.

Poétiquement ravageur, excessif et sublime, comme ces récits anciens qui nous parlaient des hommes en nous racontant les dieux, *Un air de famille* dépasse le champ de l'intimisme, traverse les hautes plaines du roman, flirte avec les chemins tortueux de la poésie la plus libre et s'enracine dans ces territoires où naissent les contes, les mythes, les épopées. En ces lieux où l'enfance des individus retrouve l'aube des peuples.

Né au Sri Lanka (ancienne Ceylan), Michael Ondaatje a fait ses études en Angleterre avant de se fixer à Toronto, où il enseigne la littérature. Ses romans précédents, parmi lesquels La Peau d'un lion *et* Le Blues de Buddy Bolden, *l'ont imposé comme l'un des écrivains de langue anglaise les plus originaux.* Le Patient anglais (L'Homme flambé), *son dernier livre, a obtenu le Booker Prize 1992 et a été adapté à l'écran par Anthony Minghella.*

Pour Griffin et Quintin.
Pour Gillian, Janet et Christopher.

« J'ai vu sur cette île des volatiles aussi gros que les oies de chez nous et qui avaient deux têtes... et autres choses miraculeuses que je ne décrirai pas ici. »

Odéric (frère franciscain du XIVe s.)

« Les Américains purent envoyer un homme sur la lune parce qu'ils connaissaient l'anglais. Les Cinghalais et les Tamouls, qui n'avaient qu'une connaissance rudimentaire de cette langue, pensaient que la terre était plate. »

Douglas Amarasekera,
Ceylan Sunday Times, 29.1.78.

Sécheresse depuis décembre.

Par toute la ville des hommes poussent des brouettes de glace panée de sciure. La sécheresse s'acharne. Un cauchemar hante sa fièvre. Les racines de l'aubépine ondulent vers la maison, vrillent les fenêtres, sucent sa sueur, volent la salive qui tarit sur sa langue.

Au point du jour, il allume la lampe électrique. Cela fait vingt-cinq ans qu'il n'a pas vécu dans ce pays. Jusqu'à l'âge de onze ans il a dormi dans des pièces comme celle-ci, sans rideaux, aux fragiles barreaux pour que personne ne rentre, au sol de ciment rouge lisse et frais sous les pieds nus.

L'aurore au jardin... Clarté pour la feuille, le fruit, le jaune profond du grand cocotier. Droit de visite éphémère pour cette lumière exquise. Encore dix minutes et le jardin s'offrira à un brasier, délirant de bruits, de papillons.

Une demi-page... Et le matin est déjà autrefois.

RUMEURS ASIATIQUES

Asie

Tout commença par un rêve brillant comme un os, et que j'eus grand-peine à retenir. Je passais la nuit chez un ami. Je vis mon père dans tous ses états, entouré de chiens hurlants et aboyants dans ce paysage tropical. Les bruits m'éveillèrent. Je m'assis sur le sofa peu accueillant et me retrouvai dans une jungle, brûlant, en sueur. Les lumières des becs de gaz rebondissaient sur la neige et retombaient dans la pièce, au gré des rubans de vigne vierge et de fougère flottant à la fenêtre de mon ami. Un aquarium miroitait dans un coin. J'avais pleuré. Mes épaules et mon visage étaient las. Je m'enroulai dans l'édredon, me lovai contre le dossier du sofa et demeurai ainsi presque toute la nuit. Tendu, ne voulant bouger car la chaleur me quittait au fur et à mesure que la sueur s'évaporait et que je redevenais conscient de la guipure de froid derrière la vitre, bise desséchante, hurlant à travers les rues ou sur les troupeaux de voitures gelées qui faisaient le gros dos avant de redescendre vers le lac Ontario. L'hiver était neuf, déjà je rêvais à l'Asie.

Aux dires d'un ami, je ne savais ce que je voulais faire que lorsque j'étais ivre. Ainsi, deux mois plus tard, au milieu de la soirée d'adieux, je compris, dans une frénésie croissante, que j'étais en route. Voici que je dansai avec un verre de vin en équilibre sur le front, me laissai choir en me trémoussant puis me relevai sans renverser le verre, tour qui ne paraissait possible que si l'on était soûl et décontracté. La neige s'obstinait. Elle avait rétréci les rues, les rendant quasi impraticables. Les invités étaient arrivés à pied, emmitouflés dans des écharpes, le visage rose et gelé. Accoudés à la cheminée, ils buvaient.

J'avais prévu le voyage de retour. Au fil de calmes après-midi j'avais étalé mes cartes sur le sol et étudié des chemins vers Ceylan. Mais je perçus seulement au cœur de cette soirée, entouré de mes bons amis, que je m'en retournais vers la famille que j'avais quittée en grandissant, vers ces gens de la génération de mes parents figés dans ma mémoire, opéra pétrifié. Je voulais, en les touchant, les transformer en mots. Désir pervers et solitaire. Dans *Persuasion* de Jane Austen, j'avais noté ces lignes : « On l'avait contrainte à la prudence dans sa jeunesse ; elle apprenait le romanesque avec l'âge : suite naturelle d'un début artificiel. » Vers trente-cinq ans, je me rendais compte que j'étais passé à côté d'une enfance, je l'avais ignorée et non point comprise.

Asie. Le nom semblait un souffle d'agonisant. Mot d'autrefois qu'il fallait murmurer. Mot qui jamais ne serait cri de guerre. Le mot se liquéfiait. Il n'avait rien du son bien net d'Europe, d'Amérique, de Canada. Les voyelles prenaient le dessus, elles somnolaient sur la carte avec le S. Je m'enfuyais en Asie, tout changerait. Cela commença tandis que je dansais et riais follement, dans le confort et l'ordre de ma vie.

Adossé au frigo, j'essayais de faire partager les quelques anecdotes à propos de mon père ou de ma grand-mère :

— Alors, comment est-elle morte ta grand-mère ?

— De mort naturelle.

— Comment ça ?

— Les inondations.

Là-dessus, une nouvelle vague d'invités m'emporta dans son
tourbillon.

Après-midi de Jaffna

Quatorze heures quinze. Je suis assis dans l'immense salon de l'ancienne résidence du gouverneur de Jaffna. Les murs, repeints au cours des dernières années d'un rose rouge chaleureux, s'étirent sur d'imposantes distances, à ma gauche, à ma droite et vers un plafond blanc. Lorsque les Hollandais bâtirent cette demeure, ils en peignirent les murs au blanc d'œuf. Les portes ont sept mètres de haut. Comme si elles attendaient de livrer passage à une pyramide d'acrobates se promenant d'une pièce à l'autre, en crabe, sans s'effondrer.

Le ventilateur pend au bout d'une longue tige. Il tourne, léthargique. Ses pales inclinées pulsent l'air qu'il brasse à travers la pièce. Qu'importe s'il est mécanique dans ses mouvements, le velours de l'air fait oublier le métronome. Son souffle me parvient par bouffées sur les bras, le visage, ce papier.

La résidence date des environs de 1700. C'est le plus beau bâtiment de cette région au nord de Ceylan. Si vaste soit-elle, de l'extérieur elle paraît modeste, nichée dans un coin du fort. Pour l'approcher à pied, en voiture ou à bicyclette, et pénétrer dans la cour du fort, il faut traverser un pont au-

19

dessus des douves, être admis par deux sentinelles contraintes de monter la garde dans les émanations des marécages.
Ici, dans ce spacieux bastion hollandais, au centre d'un
labyrinthe, je suis assis sur un canapé gigantesque, dans la
bruyante solitude de l'après-midi, tandis que le reste de la
maison dort.

Ma sœur, ma tante Phyllis et moi avons passé la matinée
à essayer de nous retrouver dans le dédale des liens de parenté
de nos ancêtres. Nous sommes restés un moment assis dans
l'une de ces chambres, affalés sur deux lits et dans un fauteuil. La chambre jumelle, dans une autre partie du bâtiment,
est sombre. On la dit hantée. En pénétrant dans l'humidité
de cette pièce, j'ai vu des moustiquaires se balancer comme
robes d'épousées pendues, les squelettes des lits sans mate-
las. A reculons, je m'éloigne.

Plus tard, nous entrons dans la salle à manger. Ma tante
fait resurgir de sa mémoire des incidents célèbres. Elle est
le Minotaure de ce long voyage de retour — les préparatifs,
la traversée de l'Afrique, le trajet en train de Colombo à
Jaffna, les sentinelles, les hauts murs de pierre et, aujourd'hui,
cette nonchalante courtoisie des repas, du thé, son meilleur
digestif le soir pour mes maux d'estomac. Elle est le Minotaure qui habite ces lieux où l'on a vécu des années plus tôt.
Le Minotaure qui vous surprend par des conversations sur
ce foyer d'amour originel. J'ai une affection particulière pour
cette femme qui a toujours été proche de mon père. Lorsque
quelqu'un parle, son regard se perd vers le plafond, comme
si elle en remarquait l'architecture pour la première fois,
comme si elle y cherchait la chute de son anecdote. Nous
nous remettons encore de son évocation allègre de la vie et

de la mort d'un infâme Ondaatje «sauvagement mis en pièces par son propre cheval».

Enfin nous nous installons dans les fauteuils en osier sous la véranda qui s'étire sur une cinquantaine de mètres le long de la façade. De dix heures à midi, nous restons assis à bavarder et à boire du vin de palme glacé dont nous avons rempli une bouteille au village. C'est une boisson qui sent le caoutchouc brut. Elle est faite avec le jus tiré de la fleur d'une noix de coco. Nous la buvons à petites gorgées et la sentons qui continue à fermenter en nous.

A midi, je somnole une heure puis me réveille pour déjeuner d'un curry de crabe. Un déjeuner sans cuillère ni fourchette. Je mange avec les mains, enfournant le riz avec mes pouces, craquant la carapace avec mes dents. Suit un ananas frais.

J'adore l'après-midi. Il est trois heures moins le quart. Bientôt, les autres vont s'éveiller de leur sieste et les conversations compliquées se renouer. Au cœur de ce fort, vieux de deux cent cinquante ans, nous échangerons des anecdotes et des souvenirs vagues que nous tenterons de remplir de dates et d'apartés, les imbriquant comme si nous assemblions la coque d'un navire. On ne raconte pas une histoire une seule fois. Qu'il s'agisse d'un souvenir ou d'un scandale aussi horrible que bizarre, nous y retournerons une heure plus tard en l'enjolivant de détails et de quelques jugements. Ainsi s'organise l'histoire. Toute la journée, mon oncle Ned, qui conduit la commission d'enquête sur les émeutes raciales (c'est pourquoi on lui a alloué cette maison comme résidence lorsqu'il est à Jaffna), est au travail. Toute la journée, ma tante Phyllis préside au récit des hauts faits et méfaits des Ondaatje, et de ceux avec lesquels ils ont pu rentrer en contact. Voilà soudain que son regard, qui n'ignore plus rien du plafond de cette maison, pétille. Elle se tourne vers nous avec délices et se lance : « Oh ! Tenez, encore une histoire à vous donner le frisson... »

C'est qu'il y en a des fantômes, ici. Dans l'aile sombre et qui sent le moisi, là où pendent les moustiquaires en décomposition, habite le spectre de la fille du gouverneur hollandais. En 1734, la damoiselle s'est jetée dans un puits en apprenant qu'elle ne pouvait épouser son bien-aimé. Depuis, elle terrorise les générations, qui évitent la pièce où elle s'exhibe en silence dans sa robe pourpre. Tout comme on évite de dormir dans les parties hantées, on ne saurait aller au salon pour la conversation : il est si grand que les paroles s'évaporent avant d'avoir atteint celui qui les écoute.

Les chiens de la ville qui ont fait la nique aux sentinelles sommeillent sur la véranda, un des endroits les plus frais de Jaffna. Si je me lève pour régler la vitesse du ventilateur, ils s'ébrouent et s'éloignent de quelques mètres. Dans l'arbre, une nuée de corneilles et de grues craquette et roucoule. Bruyante solitude. Ces nouvelles histoires qui bourdonnent dans mon esprit. Ces oiseaux parfaitement accordés qui piaillent, sitôt ensemble, et voltigent au-dessus des chiens engourdis.

***

Cette nuit-là, ce n'est pas un rêve, mais plutôt une image récurrente qui vient me visiter. Je vois mon corps tendu, étiré en étoile, et je comprends que je fais partie d'une pyramide

22

humaine. Au-dessous de moi, il y a d'autres corps sur lesquels je me dresse. Au-dessus de moi, il y en a encore d'autres, bien que je sois assez près du sommet. Avec une lenteur pesante nous évoluons dans l'immense salon. Nous caquetons comme les corneilles et les grues. Comment s'entendre? Je finis par saisir une bribe de dialogue. Un certain Mr Hobday demande à mon père s'il possède des antiquités hollandaises. Et mon père lui répond : «Oh! Disons... qu'il y a ma mère...» Quelque part en dessous, ma grand-mère émet un grognement furieux. Mais voici que nous approchons de la porte dont les sept mètres de haut nous permettront de passer à condition que notre pyramide se présente de profil. Sans même se consulter, la famille ignore cette ouverture : à pas mesurés, elle traverse les murs rose pâle et pénètre dans la pièce voisine.

UNE BELLE HISTOIRE D'AMOUR

La cour

Lorsque mon père eut achevé ses études secondaires, mes grands-parents décidèrent de l'envoyer dans une université anglaise. Mervyn Ondaatje s'embarqua donc à Ceylan, destination Southampton. Il présenta l'examen d'entrée à Cambridge et, un mois plus tard, dans une lettre à ses parents, il annonça la bonne nouvelle de son admission au Queen's College. Ceux-ci lui envoyèrent une somme couvrant les frais de trois années d'études universitaires. Il avait fini par se ranger. Lui qui avait causé maints remous semblait s'être calmé et avoir renoncé aux écarts de conduite de ses années tropicales.

Ce n'est que deux ans et demi plus tard, après avoir reçu plusieurs épîtres pleines de modestie quant à sa brillante carrière académique, que ses parents découvrirent le pot aux roses : il ne s'était jamais présenté à l'examen d'entrée à Cambridge et vivait tranquillement sur l'argent qu'ils lui avaient donné. Ayant loué des quartiers somptueux sis à Cambridge, il avait tout simplement supprimé les études de la vie universitaire : il s'était fait de bons amis parmi les étudiants, lisait des romans contemporains, s'adonnait au canotage. En outre,

27

il était devenu arbitre des élégances dans le Cambridge intellectuel des années 20. La belle vie, en somme. Il connut d'éphémères fiançailles avec une comtesse russe. Puis, mettant à profit des vacances universitaires, il fit un saut en Irlande sous prétexte d'aller se battre contre les insurgés. Personne ne sut rien de cette aventure irlandaise sauf une tante qui reçut une photo de lui en uniforme, avec un sourire en coin.

Fâcheuses nouvelles. Ses parents, ayant décidé de le confondre, firent leurs malles et s'embarquèrent, avec sa sœur Stephy, pour l'Angleterre. Quoi qu'il en fût, mon père n'avait plus que vingt-quatre jours à mener la grande vie avant de trouver à sa porte sa famille indignée. Penaud, il les pria d'entrer, n'ayant à leur offrir que du champagne à onze heures du matin. Ce geste ne les impressionna pas autant qu'il l'eût espéré, et la grande scène à laquelle mon grand-père avait aspiré depuis des semaines se trouva désamorcée par la précieuse habitude qu'avait mon père de se retirer dans un silence à peu près total, et de ne jamais essayer de justifier aucun de ses crimes — cela rendait la discussion difficile. Il sortit donc à l'heure du dîner et réapparut en annonçant qu'il venait de se fiancer à Kaye Roseleap, la meilleure amie anglaise de sa sœur Stephy. La nouvelle apaisa la tempête. Stephy se mit de son côté, et le fait que Kaye fût issue de la gente lignée des Roseleap du Dorset fit bon effet sur les parents. En fin de compte, tout le monde était content. Aussi, le lendemain sautèrent-ils dans le train pour un séjour champêtre, chez les Roseleap, embarquant la cousine Phyllis.

Au cours de la semaine dans le Dorset, mon père se conduisit de manière irréprochable. Les beaux-parents préparèrent le mariage, Phyllis fut invitée à passer l'été avec les

Roseleap ; quant aux Ondaatje (mon père y compris), ils s'en retournèrent à Ceylan pour y passer les quatre mois jusqu'à l'hyménée.

Une quinzaine de jours après son retour à Ceylan, mon père rentra un soir en annonçant de nouvelles accordailles avec une certaine Doris Gratiaen. La scène évitée à Cambridge éclatait tout à coup à Kegalle, sur la pelouse de mon grand-père. Mon père traita avec flegme et indifférence ce léger désaccord dont il semblait être l'origine ; non, il n'envisageait même pas d'écrire aux Roseleap. Stephy prit la plume, déclenchant une réaction épistolaire en chaîne. Un pli adressé à Phyllis mit fin aux projets de vacances de cette dernière. Mon père, lui, s'obstina dans cette technique bien à lui : s'efforcer de résoudre un problème en en créant un autre. Le lendemain, il rentra chez ses parents en déclarant qu'il s'était engagé dans l'infanterie légère cinghalaise.

J'ignore depuis combien de temps il connaissait ma mère lorsqu'ils se fiancèrent. Il avait dû la rencontrer à une soirée avant ses années à Cambridge, puisque l'un de ses meilleurs amis était Noël Gratiaen, le frère de ma mère. C'est à peu près à ce moment que Noël revint à Ceylan, renvoyé d'Oxford à la fin de sa première année pour avoir mis le feu à sa chambre. Ce genre d'exploit n'avait rien d'extraordinaire en soi, mais il avait été un peu loin. Pour éteindre le feu, il avait jeté par la fenêtre canapés et fauteuils en flammes. Il les avait trimballés jusqu'à la rivière, et les y avait précipités, coulant du même coup trois bateaux, propriété de l'équipe d'aviron d'Oxford. Il est probable que c'est en rendant visite à Noël, qui habitait Colombo, que mon père rencontra Doris Gratiaen.

A l'époque, Doris Gratiaen et Dorothy Clementi-Smith exécutaient des danses primitives en privé. Elles s'entraînaient chaque jour. Agées d'environ vingt-deux ans, elles étaient très influencées par ce qu'elles savaient d'Isadora Duncan. D'ici un ou deux ans elles donneraient des récitals. Rex Daniels les mentionne dans son journal.

Une réception dans les jardins de la Résidence... Bertha et moi étions assis aux côtés du Gouverneur et de Lady Thompson. On avait organisé un spectacle en leur honneur. Le premier numéro était un ventriloque de Trincomalee. Étant arrivé en retard, il n'avait pu répéter. Il était soûl et se mit à raconter des plaisanteries insultantes pour le Gouverneur. Il fut interrompu par Doris Gratiaen et Dorothy Clementi-Smith dans «Silhouettes de cuivre dansant». En maillot de bain, elles s'étaient enduit le visage de peinture dorée. La danse était belle mais la peinture dorée eut un effet allergique sur les demoiselles qui le lendemain se retrouvèrent avec une vilaine éruption.

Mon père les vit danser pour la première fois dans les jardins de Deal Place. Il lui arrivait de s'échapper de la propriété de ses parents, à Kegalle, pour se rendre à Colombo. Là, il descendait aux quartiers de l'infanterie légère cinghalaise et passait ses journées avec Noël à regarder les jeunes filles répéter. On dit que les deux l'enchantaient, mais Noël épousa Dorothy et mon père se fiança à la sœur de Noël. Noël s'engagea dans l'infanterie légère lui aussi, pour tenir compagnie à mon père. Ces fiançailles de mon père ne furent pas aussi appréciées que celles avec la jeune Roseleap. Il offrit à Doris Gratiaen une énorme émeraude qu'il mit sur le compte de son père. Ce dernier refusa de payer et mon père menaça de se tirer une balle dans le crâne. En fin de compte, ce fut la famille qui casqua.

Mon père n'avait rien à faire à Kegalle. L'endroit était trop loin de Colombo et de ses nouveaux amis. Son affectation dans l'infanterie légère était plutôt une occupation, un passe-temps. Souvent, au beau milieu d'une soirée, il se rappelait qu'il était de garde ce soir-là et débarquait à la caserne avec une charretée de dames et de messieurs projetant un bain de minuit dans les flancs du mont Lavinia. Il surgissait en grand uniforme, inspectait les sentinelles, sautait dans la voiture bourrée de plaisantins ivres morts, et filait. A Kegalle, il se sentait frustré, la solitude lui pesait. Un jour, on lui confia la voiture en lui demandant d'aller acheter du poisson. N'oublie pas le poisson! recommanda sa mère. Deux jours plus tard, ses parents reçurent un télégramme de Trincomalee, à des kilomètres au nord de l'île : oui, il avait le poisson et serait bientôt de retour.

Toutefois, ses jours bienheureux à Kegalle furent interrompus le jour où Doris Gratiaen lui expédia une lettre de rupture. Il n'y avait pas de téléphone. Il faudrait donc aller jusqu'à Colombo voir ce qui clochait. Mon grand-père, furieux de la balade à Trincomalee, refusa de lui prêter la voiture. Il se débrouilla pour se faire conduire par Aelian, le frère de son père. Si ce dernier avait un caractère affable et jovial, mon père, lui, était blasé et enragé. Alchimie quasi désastreuse. Jamais de sa vie mon père n'était allé à Colombo directement. Il y avait tous les cafés du bord de route à inspecter. Trop poli pour refuser quoi que ce fût à son jeune neveu, Aelian dut s'arrêter pour boire un verre tous les quinze kilomètres.

Le temps qu'ils arrivent à Colombo, mon père était noir, Aelian d'un beau gris. Trop tard pour rendre visite à Doris Gratiaen. Mon père força donc Aelian à descendre au mess des officiers. Après un repas plantureux et généreusement arrosé, mon père déclara qu'il devait se brûler la cervelle parce que Doris avait rompu. Plus qu'éméché, Aelian eut un mal fou à cacher les baïonnettes de la caserne. Le lendemain, les problèmes étaient résolus et les fiançailles à nouveau au programme.

Ils se marièrent un an plus tard.

11 avril 1932

« Ah ! si je m'en souviens du mariage !... Ils devaient se marier à Kegalle. Nous avions prévu de nous y rendre à cinq dans la Fiat d'Ern. A mi-chemin entre Colombo et Kegalle nous apercevons une voiture dans le fossé et au chevet de celle-ci, l'évêque de Colombo, un chauffard notoire. Il devait officier à la cérémonie. Il allait falloir lui faire une place.

« Tout d'abord prendre soin de ses bagages, veiller à ne pas froisser ses vêtements épiscopaux. Suivirent la mitre, la crosse, les brodequins et tout le saint-frusquin. Serrés comme nous l'étions et compte tenu qu'un évêque ne peut décemment pas s'asseoir sur les genoux d'un passager — pas plus d'ailleurs qu'un passager ne peut s'asseoir sur les genoux d'un évêque —, nous dûmes nous résoudre à confier le volant de la Fiat à son Excellence... Dieu que nous fûmes entassés et terrifiés pour le reste du voyage ! »

Lune de miel

Les championnats de tennis de Nuwara Eliya étaient terminés. A Colombo, c'était la mousson. Les gros titres des journaux locaux claironnaient : « On a retrouvé le bébé Lindbergh. Un cadavre ! » Adèle, la sœur de Fred Astaire, se maria, et le treizième président de la République française fut assassiné par un Russe. Les lépreux de Colombo firent la grève de la faim. Une canette de bière coûtait une roupie et il y avait d'inquiétantes rumeurs selon lesquelles ces dames joueraient en short à Wimbledon.

En Amérique, les femmes s'entêtaient à vouloir voler la dépouille de Valentino. Une ménagère du Kansas divorça parce que son époux refusait de la laisser vivre auprès du mausolée de son idole. Selon C.B. Cochran, le célèbre imprésario, « la jeune fille moderne idéale, la Vénus d'aujourd'hui, ne devrait être ni trop en chair ni pas assez, elle devrait avoir la ligne du lévrier ». On racontait que les pythons étaient en voie de disparition en Afrique...

Charlie Chaplin séjourna à Ceylan. Il évita toute publicité. On ne l'aperçut qu'appareil de photo à la main, étudiant des danses kandyennes. Dans les cinémas de Colombo on passait *Les Tourtereaux*, *Flagrant délit* et *Amour interdit*. On se battait en Mandchourie...

Histoires de l'histoire

Le début des années 20 fut une époque aussi mouvementée que lourde de charges pour mes grands-parents. Ils passaient presque toute l'année à Colombo, émigrant à Nuwara Eliya durant les chaleurs d'avril et mai. Les archives familiales font référence à ces séjours «là-haut», loin de la chaleur des basses-terres. S'enfonçant dans la montagne, les voitures partaient de Colombo, couvrant en cinq heures la route épuisante. Les radiateurs fumaient. On avait empilé livres, pulls, clubs de golf et fusils dans la malle arrière, retiré les gosses de l'école, baigné et pomponné les chiens pour le voyage.

Nuwara Eliya, c'était un monde différent. Là-bas, on ne transpirait pas. Seuls ceux qui souffraient d'asthme essayaient d'éviter ces vacances. Là-haut, à deux mille mètres, les attendaient des fêtes, des courses de chevaux, le tournoi de tennis de Ceylan ou des parties de golf acharnées. Les meilleurs joueurs de tennis cinghalais participaient à des tournois dans le nord du pays, mais ils revenaient à Colombo s'ils devaient jouer contre des champions d'une autre nationalité, les ardeurs du thermomètre étant le plus sûr moyen de venir à bout des visiteurs. Voilà pourquoi, dès que mousson et chaleur s'installaient dans les maisons désertes de Colombo, mes grands-parents et leur cercle d'amis se réfugiaient à Nuwara Eliya. Devant des feux de bois crépitants, ils dansaient dans d'immenses salons aux accents d'un piano Bijou-Moutrie, ou par une soirée tranquille, lisaient sur la véranda, au clair de lune, coupant les pages au fil de leur lecture.

Les jardins regorgeaient de cyprès, de rhododendrons, de digitales, d'arums, de pois de senteur. Là se retrouvaient les van Langenberg, les Vernon Dickman, les Henry de Mels et les Philip Ondaatje. Il y avait les tragédies de la vie de tous les jours. Ainsi Jessica, l'épouse de Lucas Cantley, avait-elle frôlé la mort quand un inconnu lui avait tiré dessus au cours d'une partie de croquet avec mon grand-père. On retira cent treize plombs de son corps. «Et ce pauvre Wilfred Batholo-meusz avec ses grandes dents... Il avait été victime d'un acci-dent de chasse, un de ses compagnons l'ayant pris pour un sanglier sauvage.» Les hommes, réservistes pour la plupart, empruntaient des fusils pour les vacances.

C'est à Nuwara Eliya que Dick de Vos dansa avec sa femme. Etta, et que celle-ci se cassa la figure. Elle n'avait pas dansé depuis des lustres. Il la ramassa, la déposa dans un fauteuil de rotin, s'approcha de Rex Daniels et lui confia : «Mainte-nant vous comprenez pourquoi j'ai laissé tomber la danse pour me consacrer à la boisson.» Le matin, les hommes par-taient faire un billard au club. Ils y arrivaient vers onze heu-res dans des boghei tirés par des taureaux et jouaient jusqu'à l'heure de la sieste tandis que le panca, le grand éventail de toile, flottait et s'agitait, et que la vingtaine de taureaux s'ébrouait en tourniquant autour du club. Le major Robin-son, en charge de la prison, officiait aux tournois.

Au mois de mai, le cirque arriva à Nuwara Eliya. Un soir, les lumières refusant de coopérer sous le chapiteau, le major Robinson amena la pompe à incendie et en braqua les phares sur le trapéziste, qui, à califourchon sur son trapèze, ne montrait aucun désir de continuer. Lors de la tournée d'un de ces cirques, ma tante Christie, qui n'avait alors que vingt-cinq printemps, se leva et se porta volontaire pour laisser « un homme parfaitement étranger au monde du cirque » viser une pomme en équilibre sur son crâne. Ce soir-là, T.W. Roberts fut mordu à la jambe par un chien tandis qu'il dansait avec elle. On découvrit par la suite que le chien était enragé. T.W. s'en fut pour l'Angleterre et personne ne prit la peine de le lui dire. On prétend qu'il survécut. Ils étaient tous là. Piggford, de la police, Paynter, le propriétaire de la plantation, les Finnelli, missionnaires baptistes, « c'était une artiste, très douée pour les claquettes ».

Voilà ce qu'était Nuwara Eliya, dans les années 20 et 30. Tout le monde était plus ou moins apparenté et avait du sang cinghalais, tamoul, hollandais, britannique ou burgher dans les veines depuis des générations. Un fossé social séparait ce cercle des Européens et des Anglais qui ne s'étaient jamais mêlés à la communauté cinghalaise. On considérait les Anglais comme des gens de passage, des snobs et des racistes ; ils évitaient ceux qui s'étaient mariés avec des autochtones. Mon père se prétendait tamoul cinghalais, même si cette présomption eût été plus fondée trois siècles plus tôt. Emil Daniels résuma la situation de la plupart d'entre eux lorsqu'un gouverneur britannique lui demanda quelle était sa nationalité : « Dieu seul le sait, Excellence », répondit-il.

L'ère des grands-parents... Philip Ondaatje était censé posséder la plus grande collection de verres de tout l'Orient. Mon autre grand-père, William Gratiaen, rêvait de serpents. Mes deux grands-mères menèrent une vie effacée, du moins jusqu'à la mort de leurs époux. Alors, elles s'épanouirent, surtout Lalla qui avait le don de jeter la confusion chez tous ceux qu'elle rencontrait. Ne nous déclara-t-elle pas que «les années 20 étaient si folles, si animées que nous étions toujours épuisés»?

La guerre des sexes

Des années plus tard, alors que Lalla était presque grand-mère, elle se retrouva sous une pluie battante au marché de Pettah, en route pour une soirée. L'argent ne courait pas les rues, et elle n'avait pas de voiture. Le bus arriva. Elle suivit le troupeau. Au bout d'une dizaine de minutes, elle finit par s'asseoir sur une banquette pour trois. Son voisin glissa son bras derrière son épaule pour faire de la place.

Peu à peu, elle remarqua l'air choqué des passagers assis de l'autre côté de l'allée. Au début, ce furent des regards désapprobateurs, puis des murmures. Lalla jeta alors un coup d'œil sur son voisin. Il arbora une grimace satisfaite. Il semblait s'amuser. Elle baissa les yeux et s'aperçut que la main de l'homme avait glissé le long de son épaule et lui pinçait le téton.

Elle n'avait rien senti. Son sein gauche avait été enlevé cinq ans plus tôt. Il caressait avec ardeur l'éponge qui rembourrait sa robe...

Ardente jeunesse

Francis de Saram présentait le cas d'alcoolisme le plus extrême de la génération de mon père. Rapide, comme toujours, il fut le premier à creuser sa tombe en levant le coude. C'était le meilleur ami de Noël et de mon père. Il avait servi de témoin à plusieurs mariages qu'il s'était efforcé de gâcher. Sans ambition mais noble et généreux, il avait perdu ses dents étant jeune — comment ? il n'en avait pas la moindre idée... Dès qu'il se sentait d'humeur belliqueuse, il enlevait ses fausses dents et les fourrait dans sa poche arrière. Amoureux de Lorna Piachaud, il commença à en découdre pendant la réception qui suivit le mariage de cette dernière. Il s'en prit même à sa propre femme. Accablé de remords, il décida d'aller se noyer dans un coin du lac Kandy où l'eau n'avait que vingt-cinq centimètres de profondeur. Tandis qu'il avançait à quatre pattes, H*** consola l'épouse de Francis tant bien que mal « et se servit plutôt bien que mal ». Si Francis était l'alcoolique par excellence, H*** était le coureur de jupons dans toute sa splendeur : son cœur tumescent était célèbre dans tout Colombo.

Francis et ses amis découvrirent que l'on buvait à moindre prix sur les bateaux où l'alcool était détaxé. Sous prétexte d'aller rendre visite à des parents en partance, ils montaient à bord des paquebots à quai et en ressortaient chancelants aux petites heures du matin. En général, ils se faisaient sortir du bar au moment où Noël, incapable de jouer du piano, se lançait dans l'un de ses récitals improvisés. Un jour, on leur demanda qui ils connaissaient à bord. Mon père ouvrit la première cabine venue et prétendit que l'homme qui dormait là était son ami. Mon père portait une cravate héritée de son séjour à Cambridge. A demi-éveillé — assez, en tout cas, pour remarquer le détail —, l'homme répondit de l'honnêteté de ses intentions. A force de cajoleries, on persuada le malheureux de se rendre au bar où mon père se débrouilla pour ranimer tous les noms cantabrigiens, rappelant même les exploits de Sharron K*** qui fit ravage dans la population de trois collèges.

Un soir Mervyn débarqua chez nous et annonça à Vernon : « Nous partons pour Gasanawa, dépêche-toi de t'habiller. » Il était une heure du matin. Vernon alla chercher ses vêtements. A son retour, il trouva Mervyn endormi dans son lit. Impossible de l'en déloger. Vous voyez, il avait juste eu besoin d'un endroit où dormir.

Gasanawa était le nom de la plantation d'arbres à caoutchouc où travaillait Francis. Elle accueillit bon nombre de leurs javas. Vingt ou trente personnes sautaient dans les voitures après un tournoi de tennis ou au milieu d'une soirée insipide ; si les hommes étaient déjà éméchés, les femmes prenaient le volant. On débarquait à Gasanawa où l'on dormait

dans des cabanes que Francis avait bâties pour ce genre d'occasions. Quand il était à jeun, Francis essayait de faire de la
plantation le havre idéal pour ces soirées. Il vivait de gin, d'eau
minérale et de corned beef. Il aménageait un court de tennis
lorsque son patron lui demanda de construire une route
convenable dans la propriété. Cela lui prit trois ans car, dans
son enthousiasme, Francis la fit trois fois plus large que la
grand-route menant à Colombo.

Au sujet de Gasanawa, les souvenirs sont mythiques, même
de nos jours. « Il y avait un beau rocher bien plat devant le
bungalow où nous dansions au rythme de chansons impor-
tées comme *Moonlight Bay* ou *Une belle romance*, la chanson
préférée de ma mère. » « Il m'arrivait de l'entendre chanton-
ner dans sa cuisine, oubliant sa soixantaine : *Nous devrions
être comme deux petites tomates, mais tu es aussi froid qu'une
vieille purée d'patates.* »

Beaucoup de chansons de cette époque parlaient légumes,
fruits ou boissons. *Oui, nous n'avons pas de bananes, J'ai de
jolies noix de coco, Des haricots mungos autour du cou, Le jive
de Java...* Dorothy Clementi-Smith susurrait les solos de
Il y a une taverne dans la ville, que les autres, ivres morts,
reprenaient en chœur. Le timide Lyn Ludowyck délaissa
même un soir ses études pour se mêler à la compagnie. Il se
révéla un mime admirable, roucoulant les rôles masculins et
féminins d'opéras italiens dont les autres n'avaient jamais
entendu parler — et eux de croire qu'il chantait une baila cinghalaise.

Mais c'est surtout le tango que l'on perfectionnait sur le
rocher de Gasanawa. Des couples en vêtements sport, que
patinait une pellicule de sueur, tanguaient au clair de lune

aux inflexions de *Rio Rita* de John Bowles. Cet ivrogne de Francis remontait le gramophone. Il ne pouvait danser le tango que seul, pour ne pas marcher sur les pieds de ces dames, pour lesquelles il avait le plus grand respect. Il lançait des « je baise votre petite main, madame », jouait la grande passion pour une cavalière invisible, embrassait la main mythique et suppliait les étoiles et la jungle autour de lui de le consoler de cet amour abstrait et non partagé. Danseur sans pareil, son endurance était limitée. Il s'effondrait à la fin de son exploit, et il fallait qu'une femme vînt s'asseoir auprès de lui et lui tamponnât la tête et le visage à l'eau froide tandis que les autres virevoltaient.

Le temps des soirées dura jusqu'à la fin des années 20, époque à laquelle Francis perdit son travail à cause d'une route aux trop multiples splendeurs. Ils le perdirent vers 1935, lui, l'ami impeccable, le tendre, celui à qui l'on pardonnait toujours, le mieux habillé de tous. Quelques secondes avant sa mort, il murmura, un poisson dans la main : « Un homme doit avoir un vêtement pour chaque occasion. »

Le gâchis de la jeunesse. Consumée en vain. Ils avaient pardonné et compris cela avant toute autre chose. Francis était mort. Où aller maintenant ? Il s'ensuivit une épidémie de mariages. Il y avait eu de bons moments. « Pour certains hommes, les femmes se battaient comme des chattes en chaleur. »

Le prix de Babylone

> « L'effondrement de Wall Street eut pour nous tous de terribles répercussions. Beaucoup de chevaux furent réquisitionnés par l'armée. »

La seule occupation qui pût rivaliser avec la boisson et la bagatelle était le jeu. Aux Indes, seule l'aristocratie jouait. A Ceylan, les banquiers, les chaufourniers, les marchands de poisson ou les rentiers passaient leurs après-midi côte à côte, obsédés par le jeu. Les maîtres du pays pensaient sérieusement que les parieurs étaient autant de grévistes en moins ; car pour pouvoir jouer il fallait travailler.

Quand ce n'étaient pas les chevaux, c'étaient les corneilles. Une tante infirme, incapable de se rendre au champ de courses, lança la mode : on misait sur la corneille qui s'envolerait la première du mur où elle était perchée. Ce jeu devint si populaire que le gouvernement envisagea une taxe sur ces oiseaux. C'est à peu près à l'époque où Gertie Garvin en dressa un spécialement que ce genre de pari devint illicite. Les vraies stars appartenaient au monde des courses : des chevaux comme Mordenis, des jockeys comme Fordyce, ou un entraîneur comme le capitaine Fenwick. Il y avait des champs de courses dans tout le pays. Si vous étiez à la tribune, les paris étaient à cinq roupies. Venait ensuite la pelouse, à deux roupies, et enfin, au milieu du champ de courses, la «pelouse Gandhi», réservée aux plus pauvres. «Depuis la tribune, on les voyait chercher la sortie comme des fourmis, une bonne heure avant la dernière course : ils avaient perdu tout leur argent.»

Dans le domaine des courses, la profession la plus dangereuse était celle de starter. L'un des rares qui y survécut était Clarence de Fonseka qui, disait-on, connaissait chaque cheval que comptait le pays. En tant que starter, il se plaçait à l'autre bout de la piste. Anticipant les menaces de mort émanant de la foule parquée sur la pelouse gandhi, Clarence veillait à garder près de lui son cheval le plus rapide. Si un cheval populaire perdait, la foule se précipitait vers le poteau de départ, prête à le mettre en pièces. Clarence sautait alors sur sa monture et redescendait la piste au galop, dans une solitude splendide.

Les courses concernaient tout le monde. Durant tout le mois d'août, ma mère fermait son école de danse pour s'y rendre. Lalla, ma grand-mère, l'y retrouvait. Certains turfistes se la rappellent encore avec le grand chapeau qu'elle portait avec désinvolture sur l'oreille sans tenir compte de ceux qui étaient derrière elle, une main sur la hanche, l'autre sur son chapeau, une fleur de jacaranda piquée sur sa robe noire poussiéreuse. Le regard perdu, elle participait intensément au drame qui se déroulait sur la piste des cent mètres, comme si elle avait guetté la venue des Rois mages. Après la fermeture, on partait dîner entre amis, on dansait jusqu'au petit matin, on allait nager et prendre le petit déjeuner à l'hôtel du mont Lavinia. On se couchait jusqu'à midi, et c'était à nouveau l'heure des courses. Le grand événement de la saison était la Coupe du Gouverneur. Même en temps de guerre, on n'annulait pas les courses du mois d'août. Ceylan aurait fort bien pu être envahie en fin d'après-midi car, à ces heures-là, la majeure partie de l'infanterie légère était sur le champ de courses.

Beaucoup de mes proches possédaient un ou deux chevaux, qui se prélassaient dans le confort la plus grande partie de l'année et ne sortaient que pendant le mois d'août. Dickman Delight, le cheval de ma grand-mère, refusait de quitter son écurie si le sol était boueux. Mon aïeule pariait des fortunes sur son cheval, persuadée qu'un jour il surprendrait tout le monde en gagnant. Quand ce jour arriva, ma grand-mère était dans le nord où elle reçut, à la prime, un télégramme annonçant : « Pluie sur Colombo. » Elle plaça donc son argent sur un autre cheval. Dickman Delight galopa vers sa victoire sur un turf bien sec. Les avions japonais avaient attaqué Galle Face Green à Colombo, et le télégramme disait en fait : « Raid sur Colombo [1] ». Dickman Delight ne recommença jamais son exploit.

La plupart des gens essayaient d'avoir un cheval à eux ; certains s'associaient en syndicat, se retrouvant ainsi « propriétaires d'une jambe ». On était moins intéressé par les chevaux eux-mêmes que par les rites et les mondanités hippiques. Ainsi Percy Lewis de Soysa attachait-il une attention toute particulière au choix de ses couleurs, l'or et le vert. Dans sa jeunesse, alors qu'il avait invité une femme à dîner dans un restaurant de Cambridge, il avait commandé une bouteille de champagne ; à la fin de la soirée, il glissa dans le creux de

1. Jeu de mots sur *rain* (pluie) et *raid* (attaque-surprise) (*N.d.T.*).

l'oreille de sa conquête que le jour où il posséderait un cheval, ses couleurs seraient celles de l'étiquette de la bouteille. «Searchlight Gomez», quant à lui, choisit ses couleurs, rose et noir, à cause des vêtements d'une charmante dame, ce dont il était très fier.

Les courses duraient toute l'année. Le Prix de la Mousson en mai, le Prix Hakgalle en février, le trophée Nuwara Eliya en août. Certains chevaux ressemblaient si peu à des pur-sangs que leurs jockeys ne pouvaient plus s'assurer. Le Prix de Babylone fut interdit après qu'un cheval, «Forced Potato», eut mordu un jockey. Sautant ensuite par-dessus la barrière, il alla semer la panique sur la pelouse Gandhi. Mais les jockeys avaient leurs petits à-côtés. Le jeu était à ce point crucial pour l'économie de certains foyers que des femmes semi-respectables couchaient avec eux, afin de recueillir des renseignements de leur bouche...

Ni la foule ni les chevaux ne causaient de problèmes, à la différence du *Searchlight*, le magazine du célèbre Mr Gomez. Ce torchon infâme s'en prenait aux starters, aux entraîneurs et aux propriétaires, et fournissait des ragots que l'on prenait soin de lire et relire entre les courses. Personne ne souhaitait voir son nom cité dans ses colonnes ; tout le monde l'achetait. Il n'avait beau coûter que cinq cents, son rédacteur en chef s'y retrouvait, car les nouvelles à scandale ne pouvaient être atténuées qu'en lui graissant un tant soit peu la patte. «Searchlight Gomez» se retrouva un jour à l'ombre, et ce pour une plaisanterie bien bonne. Chaque numéro de janvier présentait les événements de l'année nouvelle. Ainsi annonça-t-il pour le 3 octobre l'«incendie annuel» de Hayley et Kenny. Cette allusion, lourde mais justifiée, à la façon dont on se servait de l'assurance contre l'incendie pour compenser le déficit commercial ne fut guère appréciée : il fut poursuivi en justice.

Le groupe de Gasanawa voulait être de toutes les courses. En décembre ils se rendaient en voiture au gymkhana de Galle, s'arrêtant en route pour commander des huîtres et nager à Ambalangoda. «Sissy (la sœur de Francis) se noyait à chaque fois car elle était exhibitionniste.» Les hommes portaient des vestes de tweed, les femmes leurs plus gracieuses crinolines. Après la course, on retournait à Ambalangoda, sans oublier les huîtres «que nous accompagnions de vin si nous avions perdu, de champagne si nous avions gagné». Les couples se formaient alors, tantôt au hasard, tantôt en de savantes combinaisons, et dansaient au son du gramophone portatif posé à côté des voitures. Ambalangoda était le centre des danses sataniques et des rites d'exorcisme, mais ce groupe ensorcelé faisait partie d'un autre monde perdu. Les hommes appuyaient leur menton contre le cou des femmes sereines, dansaient une ou deux valses, glissaient des huîtres dans la bouche de leur cavalière. Et le ressac emportait les bouchons de champagne. Des individus qui venaient de perdre une fortune riaient hystériquement dans la nuit. Une femme du village que l'on avait croisée avec son panier d'ananas fut persuadée de troquer celui-ci contre une montre. A minuit, à l'intérieur des terres, les danses sataniques commençaient, annoncées par des tambours. Des camions transportant des chevaux pour la prochaine course éclaboussaient de leurs phares le groupe au bord de la route. Chevaux, tambours, tout ce monde avait sa raison d'être. Les danses sataniques guérissaient maladies, catarrhe, surdité, solitude. Le gramophone accompagnait une séduction, un éveil des sens. Il parlait de prairies, de petites villes espagnoles, d'un «petit hôtel», d'une «chambre bleue».

Une main accueillait le talon de la femme qui grimpait dans l'arbre pour mieux voir les étoiles. Les hommes riaient dans leurs gobelets. Et l'on nageait à la pudique faveur de la nuit. Un bras effleurait un visage. Un pied frôlait un estomac. Ils auraient pu se noyer, tomber amoureux. Ainsi leurs vies eussent-elles été bouleversées en l'espace de l'une de ces soirées.

Alors, une fois bien éméché, tout ce beau monde s'en retournait. La caravane de voitures se hâtait vers Gasanawa, au clair de lune, heurtant les frangipaniers, ou les amandiers, ou glissant hors de la route pour s'enfoncer dans une rizière, lentement, jusqu'aux poignées.

Commérages tropicaux

«Chérie, viens vite. Il se passe quelque chose derrière le court de tennis. Je crois que Frieda s'est évanouie. Regarde, Craig l'aide à se relever.
— Non, chérie, laisse-les tranquilles.»

Il semble qu'à un moment ou à un autre chacun de mes
ancêtres ait éprouvé quelque coquin penchant. Les liaisons
irisaient les unions et duraient toute la vie, à tel point que
souvent, c'est le mariage qui apparaissait comme la grande
infidélité. Entre les années 20 et la guerre, il n'était pas nécessaire d'être une grande personne. Ces enfants gâtés n'en faisaient qu'à leur tête. Il fallut attendre la seconde partie de
la génération de mes parents pour qu'ils s'ouvrent à la réa-
lité. Ainsi, des années plus tard, mon oncle Noël allait-il rentrer à Ceylan en tant que membre du barreau afin d'y plaider
pour la vie d'amis de jeunesse qui avaient tenté de renverser
le gouvernement.

L'énergie de leurs folles années avait établi des relations
complexes, même s' il m'est toujours impossible de déchif-
frer le code secret qui réglait le ballet de leurs *intérêts* ou de
leurs *attirances*. La vérité disparaît avec l'histoire et, en fin
de compte, les on-dit ne nous apprennent rien sur les liens

personnels. Il y a ces histoires de fugue, d'amour sans retour, de querelles familiales, d'épuisantes vendettas, au sujet desquelles tout le monde a son mot à dire. Mais on passe sous silence l'intimité entre deux êtres, la manière dont chacun a grandi à l'ombre de l'autre. Personne ne parle de cet échange de talents et de personnalité, de la façon dont un être a accueilli et reconnu dans l'autre le sourire de l'amant. On ne voit plus l'individu que dans le contexte de cette étourdissante marée sociale. Un couple ne saurait faire quoi que ce soit ou presque, sans que de ses épaules ne s'échappent des rumeurs, vol de pigeons voyageurs.

Où est l'intime, où est le vrai ? Adolescent et oncle. Mari et amant. Un père égaré dans sa consolation. D'où me vient ce désir de connaître quelque chose de cette intimité ? Après les tasses de thé, le café, les conversations mondaines... Je veux m'asseoir auprès de quelqu'un, parler sans détours. Parler à cette histoire perdue, comme un amant méritant.

Kegalle (I)

Philip, mon grand-père paternel, était un homme autoritaire et distant. On lui préférait son frère Aelian, accommodant et toujours prêt à rendre service. Ils étaient tous deux hommes de loi mais mon grand-père fit de gros profits dans des spéculations foncières et se retira des affaires comme il l'avait prédit, à quarante ans. Il bâtit la maison de famille, « Rock Hill », dans un site admirable, au cœur de la ville de Kegalle.

« Ton grand-oncle Aelian était la générosité même, me dit Stanley Suraweera. Voyant que je voulais apprendre le latin, il proposa de m'aider chaque matin, de quatre à cinq. Je me rendais chez lui en charrette. Il m'attendait. » Dans les années qui suivirent, Aelian eut plusieurs crises cardiaques. A l'hôpital on lui administra de telles doses de morphine qu'il en devint dépendant.

Mon grand-père passa la plus grande partie de sa vie à Rock Hill, ignorant ceux qui virevoltaient dans les cercles mondains de Kegalle. Sa fortune était colossale. On le considérait souvent comme un snob, mais il savait se montrer très affectueux avec les siens. Tradition immuable, toute la famille s'embrassait en se disant bonjour ou bonsoir, quel que fût l'état de confusion créé ce jour-là par mon père. On enterrait les dissensions familiales avant de se coucher, on les réenterrait le matin avant toute autre chose.

Tel était « Bampa », comme nous l'appelions, déterminé à être un bon père et un patriarche, étendant une aile protectrice sur son frère Aelian, plus populaire que lui, au milieu de son empire, ces hectares convoités au centre de Kegalle. Il était basané et son épouse fort blanche. Au temps où il comptait fleurette à ma grand-mère, un rival avait émis comme hypothèse que leurs enfants seraient zébrés. Il terrorisait la famille. Même sa femme, dotée pourtant d'une volonté de fer, ne put s'épanouir qu'après sa mort. A l'exemple d'autres Ondaatje, Bampa aimait à se prétendre « anglais ». Cols empesés et costumes gris, il tenait à ses habitudes. Mon frère, qui n'avait alors que quatre ans, se rappelle encore ces repas d'une pénible solennité, Bampa grinçant des dents à l'autre bout de la table, comme pour reprocher à cette famille sans volonté de chercher à s'affranchir des rites dont il avait ordonnancé le moindre détail. Ce n'était que l'après-midi qu'il semblait se fondre dans le paysage, lorsque, en sarong et maillot de corps, il partait faire le tour du propriétaire, façon ésotérique de soigner son diabète.

Tous les deux ans, il se rendait en Angleterre, y achetait des cristaux, apprenait les dernières danses. C'était un danseur hors-pair. D'innombrables tantes se souviennent de sorties londoniennes sous son escorte ; avec quel plaisir, quelle aisance il se lançait dans les pas à la mode ! De retour au pays, il aurait assez de soucis. Il y avait Aelian, qui ne cessait de donner son argent à l'Église ; le cousin qui avait fini broyé

par son squelettique cheval de course ; il y avait enfin quatre
sœurs dont les fées avaient contrarié les destinées et qui
buvaient en secret. La plupart des Ondaatje avaient un faible pour l'alcool, parfois jusqu'à l'excès. De nature vive, ils
mettaient leurs emportements sur le compte du diabète, dans
la mesure du possible. Ajoutez à cela qu'ils éprouvaient une
attirance génétique pour une famille du nom de Prin, et qu'il
fallait les persuader de ne pas épouser — car par où qu'ils passent, les Prin portaient malheur.

Mon grand-père mourut avant la guerre. On parla de
son enterrement avec indignation et envie pendant des mois.
Lui qui croyait l'avoir si bien organisé. Les femmes portè-
rent de longues robes noires, on but du champagne en
cachette dans des tasses à thé. Ses espoirs de s'en aller avec
un certain décorum s'effondrèrent avant qu'il fût en terre.
Ses quatre sœurs et ma grand-mère, tout juste libérée, se
lancèrent dans une bruyante discussion pour savoir s'il fallait donner deux ou trois roupies aux hommes qui gravi-
raient avec le cercueil la côte impitoyable menant au
cimetière. Mal à l'aise, le cortège d'amis venus de Colombo
attendait, aussi silencieux que mon grand-père maintenant
à l'horizontale. Et la discussion crépitait de pièce en pièce,
fusant dans les couloirs de Rock Hill. Dans un accès de
fureur, ma grand-mère enleva ses interminables gants noirs
et refusa de laisser la cérémonie se poursuivre. Lorsqu'il
apparut que le corps ne quitterait pas la maison, elle se
décida enfin à les enfiler à nouveau avec l'aide de l'une
de ses filles. Mon père, qui surveillait la fraîcheur du champagne, demeurait introuvable. Pris d'un rire convulsif, ma
mère et l'oncle Aelian se retirèrent dans le jardin, sous le

mangoustan. C'était l'après-midi du 12 septembre 1938. En avril 1942, Aelian succombait à une maladie du foie.

***

Pendant la décennie qui suivit, Rock Hill ne servit à ma famille qu'en de rares occasions. Mon père ne devait pas y retourner avant plusieurs années. Entre temps, mes parents avaient divorcé et mon père avait perdu divers emplois. Bampa avait légué la terre à ses petits-enfants, mais mon père vendait ou donnait des parcelles de terrain selon les besoins du moment. Ainsi, des maisons s'élevèrent autour de la propriété. Mon père retourna seul à Kegalle à la fin des années 40 pour y faire ses débuts de cultivateur. A l'époque, il vivait simplement, à l'écart de s.. anciens amis. Ma sœur Gillian et moi passions la plupart de nos vacances avec lui. En 1950, il s'était remarié et vivait avec sa femme et les deux enfants de son second mariage, Jennifer et Susan.

Au cours de ces années, mon père se retrouva à élever des poulets. Tous les deux ou trois mois, sa dipsomanie réapparaissait. Entre deux crises, il n'avalait pas une goutte d'alcool. Un beau jour, on lui offrait un verre, il l'acceptait, et, trois ou quatre jours durant, il buvait, incapable de s'arrêter. En ces moments-là il ne pouvait rien faire d'autre que boire. D'un naturel attentionné et plein d'humour, il n'était plus lui-même lorsqu'il avait bu : il eût fait n'importe quoi pour se procurer de l'alcool. Incapable de manger, il lui fallait sa bouteille à longueur de journée. Si Maureen, sa seconde femme, avait caché la bouteille, il allait chercher son fusil et menaçait de la tuer. Même sobre, il savait qu'il aurait besoin de se remettre à boire, aussi enterrait-il des bouteilles dans la propriété et, malgré son ivresse, savait les retrouver. Il se rendait au poulailler, fouillait la paille des poulets et en retirait une demi-bouteille. Les niches de ciment sur le côté de la maison abritaient tellement de bouteilles que, vu de côté, le bâtiment ressemblait à une cave.

Ces jours-là, il ne parlait à personne, mais il reconnaissait ses amis et avait conscience de ce qui se passait autour de lui. Il lui fallait mobiliser toute son intelligence de façon à se rappeler avec précision où étaient les bouteilles et se montrer ainsi plus malin que sa femme ou ses proches. Si Maureen parvenait à détruire les bouteilles de gin qu'il avait cachées, il se vengeait sur l'alcool à brûler. Il buvait jusqu'à ce qu'il s'effondre et perde connaissance. Puis il se réveillait et se remettait à boire. Il refusait toute nourriture. Il dormait. Il se levait. Encore un coup et c'était fini. Il ne reboirait pas pendant environ deux mois, pas avant la prochaine crise. Le jour de la mort de mon père, Stanley Suraweera, aujourd'hui procureur à Kegalle, siégeait au tribunal lorsqu'on lui apporta le message suivant :

Mervyn est tombé raide mort. Que dois-je faire ? Maureen.

***

Nous avions passé trois jours à Upcot, cette admirable contrée du thé, en compagnie de Susan, ma demi-sœur. Nous sommes rentrés à Colombo par le col de Kadugannawa après une halte à Kegalle. Le vieux pont de bois que seul mon père traversait sans avoir peur («Dieu a un faible pour les poivrots», déclarait-il à celui qui était assis à ses côtés, blanc comme un linge) avait été remplacé par un pont en béton.

Cette maison jadis charmante et spacieuse paraissait maintenant sombre et rabougrie. Elle se fondait dans le paysage. Une famille cinghalaise occupait Rock Hill. Seul le mangoustan dans lequel, enfant, je vivais pour ainsi dire, à la saison des fruits, était encore vigoureux. A l'arrière, le caryote s'appuyait toujours contre la cuisine, élancé, prodigue de ces minuscules baies jaunes dont la belette raffolait. Une fois par semaine, celle-ci y grimpait. Elle passait sa matinée à se gaver de baies, en redescendait ivre, se promenait en titubant sur la pelouse, puis s'en prenait aux fleurs ou se glissait dans la maison jusqu'aux tiroirs de l'argenterie et des serviettes. Ma belette et moi, lança mon père un jour où leurs cuites avaient coïncidé. Et mon père de s'abandonner à ses chansons, baila ou déchirante rengaine de Rodgers et Hart, ou encore sa version de *My Bonnie Lies over the Ocean*.

> *My whisky comes over the ocean*
> *My brandy comes over the sea,*
> *But my beer comes from F.X. Pereira*
> *So F.X. Pereira for me*
> *F.X.... F.X....*
> *F.X. Pereira for me, for me...*

Il émergeait de sa chambre décidé à envoyer au diable le pianiste intempestif, et trouvait la maison vide. Maureen et les gosses étaient partis. Dame Belette montait et descendait les gammes, profanant le silence de la maison, oublieuse de son public humain. Et mon père, désireux de célébrer cette compagnie, découvrait que les bouteilles avaient disparu. Incapable de retrouver quoi que ce fût, il finissait par se diriger vers la lampe à pétrole qui pendait au milieu de la pièce à hauteur de sa tête, et en vidait le contenu dans son gosier. Lui et sa belette.

Gillian se rappelle certains des endroits où il cachait ses bouteilles. *Ici*, dit-elle, *et là*. Sa famille et la mienne se promènent autour de la maison, entre les goyaviers dépressifs, les plantains et de vieilles plates-bandes de fleurs délaissées. Quel que fût l'empire pour lequel s'était battu mon grand-père, il semblait avoir à toutes fins disparu.

NE ME PARLEZ PAS
DE MATISSE

Tabula Asiae

A Toronto, sur le mur de mon frère, il y a ces cartes qui n'en sont pas. Vieux portraits de Ceylan. Repérages. Clins d'œil de navires marchands. Spéculations de sextant. Les silhouettes diffèrent tellement qu'elles semblent avoir été épannelées par Ptolémée, Mercator, François Valentyn, Mortier et Heydt : partant de formes mythiques on aboutit à une éventuelle exactitude. Amibe, puis solide rectangle, Ceylan devient l'île que nous connaissons, ce pendentif à l'oreille de l'Inde. Autour d'elle, un océan peigné de bleu frétille de dauphins et d'hippocampes, de chérubins et de boussoles. Ceylan flotte sur l'océan Indien et retient ses montagnes naïves, casoars ou sangliers qui s'élancent sans perspective au-dessus d'un *desertum* imaginaire et d'une plaine.

Des lambrequins en volutes qui ourlent ces cartes surgissent de féroces éléphants en babouches ; une reine blanche offre un collier à des indigènes qui lui présentent défenses d'ivoire et conque marine ; quant au roi mauve, il se tient à l'ombre tutélaire des livres et de l'armure. Dans le coin gauche de certaines cartes, des satyres, sabots crevant l'écume,

61

guettent les frémissements de l'île, tandis que leur queue se contorsionne dans les vagues.

Les cartes révèlent des rudiments de topographie ainsi que les itinéraires des invasions et du commerce. Au fil de ces souvenirs médiévaux transparaît l'esprit follement tarabiscoté des contes de voyageurs arabes ou chinois. L'île séduisit l'Europe. Portugais. Hollandais. Anglais. Son nom changea, sa forme changea. Serendip, Ratnapida («île aux gemmes»), Taprobane, Zeloan, Zeilan, Seylisan, Ceilan. Ceylan, maintes fois épousée, courtisée par des envahisseurs qui la revendiquèrent à la force de l'épée, de la bible ou de la langue.

Une fois que sa forme n'a plus bougé, ce pendentif est devenu miroir. Un miroir qui prétendait réfléchir chaque puissance européenne jusqu'à ce que de nouveaux bateaux accostent et déversent leurs nationaux, dont certains restaient et se mariaient entre eux. Mon ancêtre arriva en 1600. Médecin, il guérit la fille du gouverneur grâce à une herbe bizarre. Il se vit gratifier d'une terre, d'une femme étrangère ainsi que d'un nom tout neuf, écrit à l'anglaise. Ondaatje. Parodie de la langue qui régnait. A la mort de son épouse hollandaise, il convola avec une Cinghalaise, en eut neuf enfants et décida de s'installer. Ici. Au centre de la rumeur des flots. En ce point de la carte.

L'église Saint-Thomas

A Colombo, une église est tournée vers l'ouest. Vers la mer. Nous remontons Reclamation Street, longeons marchés et échoppes. L'église devant nous est peinturlurée d'un bleu crasseux, délavé. En contrebas, un pétrolier géant rapetisse le port et ses boutiques. Nous descendons de voiture. Les enfants suivent. L'allée est bordée de plantains. Les portes gothiques donnent l'impression, comme toutes les portes d'église, d'être montées sur galets. A l'intérieur, ce sont des bancs de bois, leur ombre géométrique et la pierre qui chuchote sous les pieds nus des plus jeunes. Nous nous dispersons.

Après tant de générations, l'obscurité qui tombe force à faire vite si l'on veut lire les plaques de cuivre sur les murs. Elles sont récentes, elles remontent au XIXᵉ siècle. Alors, près de la table de communion, je l'aperçois, buriné dans le sol. S'agenouiller dans une église bâtie en 1650, y voir notre nom gravé en grosses lettres qui s'étirent du bout de vos doigts à votre coude efface curieusement toute vanité, élimine l'intime, fait de votre histoire une élégie. Comme le son qui a jailli de mes lèvres tandis que, le souffle presque coupé, j'appelai ma sœur, a exprimé mon émotion de me sentir si petit, dominé par la pierre.

La pénombre m'a sauvé. La dalle, bien fruste, avait cinq pieds de long sur trois de large. A genoux dans la lumière qui baissait, désireux de saisir le timide relief de ces lettres par trop foulées, nous avons demandé aux enfants d'écarter leurs ombres. La lumière, sable fragile, se coulait en biais sur l'inscription. Sur la droite, une autre dalle. Nous la piétinions sans nous en rendre compte. Comme dans la ligne de mire de quelque inconnu. Gillian écrivait sur une enveloppe brune ce que je lisais :

A la mémoire de Natalia Asarappa,
épouse de Philip Jurgen Ondaatje.
Née en 1797, morte en 1822, à l'âge de vingt-cinq ans.

Elle avait quinze ans ! Non, c'est impossible. Et pourtant. Mariée à quinze ans. Morte à vingt-cinq. Était-elle la première épouse, avant Jacoba de Melho ? Une autre branche de la famille ?

Nous sortons six registres de l'église, mettant à profit les derniers feux du soleil. Assis sur les marches du presbytère, nous lisons. Nous soulevons et tournons les pages anciennes, frêles squelettes. Depuis plus de cent ans, l'écriture noire a bruni. Les pages épaisses, décolorées, portent les ravages du poisson d'argent, balafres qui déflorent les minutes immaculées de l'histoire locale ponctuée de seings officiels. Nous ne nous attendions pas à trouver plus d'un Ondaatje, toutefois pierres et pages en foisonnent. Nous cherchions le révérend Jurgen Ondaatje — traducteur, puis aumônier, à

Colombo, entre les années 1835 et 1847. Il semblerait que tous les Ondaatje des environs aient accouru ici pour se marier. A la mort de Jurgen, son fils Simon lui succéda. Il fut le dernier aumônier colonial tamoul de Ceylan.

Simon était l'aîné. Ils étaient quatre frères. Le dimanche matin, cette église les voyait débarquer avec femmes et enfants. Le service terminé, on se réfugiait au presbytère pour l'apéritif et le déjeuner. Juste avant le repas, le ton montait. Invariablement. Chaque frère demandait que l'on fît avancer sa voiture, y casait sa famille affamée et s'en repartait.

En vain essayèrent-ils, des années durant, de prendre le repas ensemble. Chacun faisait autorité dans son domaine. Cette propension au didactisme et un caractère trop entier les empêchaient de tomber d'accord les uns avec les autres, quel que fût l'objet de la discussion. Tout sujet de conversation violait d'emblée le territoire de l'autre. S'agissait-il de quelque chose d'aussi innocent que les fleurs ? Le docteur William Charles Ondaatje, directeur des jardins botaniques ceylanais, congédiait toute opinion, remettant son auteur à sa place. Après tout, il avait introduit les olives à Ceylan. Finance ou armée relevaient de Matthew Ondaatje. Loi ou rhétorique exerçaient la langue acide de Philip de Melho Jurgen. Le seul à avoir les coudées franches était le révérend Simon : il ne se privait pas de dire ce qu'il pensait pendant ses sermons, sachant que ses frères n'oseraient l'interrompre. Il est évident qu'il en voyait de toutes les couleurs dès qu'il pénétrait au presbytère, pour le déjeuner paisible tant espéré. A chaque baptême ou enterrement les quatre frères étaient là. Les registres de l'église portent la signature de Simon. Elle ressemble beaucoup à celle de mon père.

Nous voici devant l'église, au crépuscule. Depuis plus de trois cents ans, dans la main des moussons, elle a bravé sécheresses saisonnières ou invasions étrangères. Son site était admirable. Au moment de remonter dans la Volks, ma nièce pointe le doigt vers une tombe. En sandales, je me fraye un chemin à travers les herbes. « Attention aux serpents ! » Bon Dieu ! Je fais un bond en arrière et remonte en voiture. La nuit se dépêche de tomber pendant les cinq minutes du trajet de retour. Assis dans ma chambre, je recopie dans mon carnet noms et dates inscrits sur les enveloppes. Une fois que j'aurai fini, il y aura ce moment étrange où je me laverai les mains et verrai très nettement ce gris profond de vieille poussière de papier disparaître dans le lavabo...

Carnet de mousson (I)

En route pour les jungles et les stèles funéraires...

... en lisant des coupures de journaux vieilles d'une centaine d'années, fragiles entre vos mains comme sable humide. L'information, comme des poupées en plastique. Observé des léopards boire en prenant leur temps, et la corneille immobile sur sa branche, le bec grand ouvert. Vu la forme d'un grand poisson que la vague a fauché et roulé dans son pli. Je suis allé là où personne ne porte de chaussettes, là où vous vous lavez les pieds avant d'aller vous coucher. Là où je regarde ma sœur qui me rappelle et mon père, et ma mère, et mon frère. J'ai bravé ces averses qui inondent les rues puis d'une minute à l'autre s'évaporent, là où la sueur goutte dans le sillon de mon stylo à bille, où les fruits du jaquier roulent entre vos pieds à l'arrière de la jeep, où il y a dix-huit façons de décrire l'odeur d'un durione, là où les bœufs gênent la circulation, fument et suintent après l'ondée.

En m'asseyant pour les repas, j'ai remarqué le ventilateur qui miroite sur les petites cuillères. A force de conduire cette jeep, je n'ai pas eu le temps d'observer la campagne qui défilait, grosse d'événements : tout venait à moi, m'effleurait comme de la neige. La plume noire, visqueuse, des gaz d'échappement de l'autocar contre lesquels les passions se déchaînent, l'homme qui vomit par la fenêtre, le cochon à peine crevé dont on flambe la couenne sur la route du Grand Canal, des petites amies d'enfance qui sèchent leurs gosses au bord de la piscine du club, ma montre qui récolte du sable sous son verre et que le phosphore marin fait luire à mon chevet, mes pieds qui se cloquent d'ampoules au cours de ma première semaine à cause de mes sandales à cinquante centimes, l'achat compulsif de sarongs à Colombo, Kandy, Jaffna, Trincomalee. D'ici midi, subtil, le vin de palme a eu raison de moi : j'ai dormi, oublieux de mes rêves. Et ces hommes et femmes, pieds nus sous la table du dîner ; et après la soirée, ces cinq secondes d'averse entre le porche et la voiture, qui nous ont trempés jusqu'aux os. Au bout de dix minutes en voiture, sans phares — ils avaient été volés à la piscine au cours de l'après-midi —, la chaleur de minuit qui nous avait séchés, les fantômes de vapeur circulant au bord de la route, l'homme qui dormait au milieu de la chaussée et qui protesta quand je le réveillai, chacun parlant en plusieurs langues, et moi, essayant de mimer une voiture surgissant au coin de la rue et le heurtant, et lui, ivre mort, qui m'oblige perversement à me faire jouer et rejouer cette scène. Je remonte une fois de plus trempé dans la voiture et me retrouve sec cinq kilomètres plus loin. Et le gecko sur le mur agite sa queue avec raideur, les mâchoires pleines de libellules dont les élytres disparaissent, symétriques entre ses lèvres, tandis que l'obscurité emplit son corps presque diaphane. Une araignée jaune, à la croupe d'émail, traverse le bidet suivie du rat blanc que ma fille prétend avoir aperçu dans les toilettes du Tennis-Club de Maskeliya.

J'avais vu tout cela. Parfois, le matin, au réveil, je sentais la journée. Elle était si riche qu'il me fallait choisir entre mes sens. Et pourtant tout s'écoulait lentement, à l'allure assurée, fatidique, de la noix de coco qui vous tombe sur la tête. Comme le train de Jaffna. Comme le ventilateur au ralenti. Comme la sieste nécessaire de l'après-midi, quand les rêves sont aveuglés par le vin de palme.

Langue

Au début de l'après-midi, avec quelques enfants, je me promène une heure le long de la plage, des jardins d'Uswetakeiyawa, au-delà des épaves, à l'hôtel Pegasus Reef. Au bout d'une vingtaine de minutes, à monter et descendre les dunes avec le soleil qui nous brûle la joue droite et le corps, nous nous sentons épuisés, ivres. Une de mes enfants raconte un rêve qu'elle a fait avant de quitter le Canada. L'écume se brise, ardente gerbe blanche. Furieuse canicule. Sur notre gauche, l'ombre fraîche des arbres du village. Les crabes s'écartent de nos pas nus. Je ne cesse de compter les enfants, comme s'il en manquait un. Les yeux baissés pour éviter le soleil, nous butons contre le corps.

De dos, on dirait un crocodile. Il a près de deux mètres cinquante de long. Toutefois, le museau est arrondi et non pas effilé, comme si son nez de crocodile avait été tronqué et ses angles émoussés par la marée. L'espace d'un instant, j'y crois vraiment. Je ne veux pas que les autres s'en approchent trop au cas où il ne serait pas mort. Une double rangée d'écailles pointues hérisse sa queue, son corps gris est criblé de taches jaunes à cœur noir, devenues ainsi des cercles jaunes. Il paraît gras. Volumineux. Personne au village ne semble l'avoir remarqué. Je me rends compte que c'est un karabagoya. Un varan sous-marin. Il est dangereux et peut vous tuer un homme d'un simple coup de queue. Un fleuve l'aura perdu dans l'océan d'où il sera revenu échouer sur la plage.

Courants à Ceylan, karabagoyas et thalagoyas sont partout ailleurs peu fréquents. Le karabagoya est long, de la taille d'un crocodile moyen. Le thalagoya est plus petit, un croisement entre l'iguane et le lézard géant. Sir John Maundeville, l'un des premiers voyageurs à avoir écrit sur Ceylan, parle de leurs « cuisse corte et grants ongles ». Et Robert Knox dit du karabagoya qu'il a « langue bloie fourchie comme cordelle, que fai sallir, sifle et sa gole ovre grant ». Le karabagoya est en fait un charognard précieux. De nos jours il est protégé car il se nourrit de crabes d'eau douce qui sapent et ravagent les diguettes des rizières. La seule chose qui lui fasse peur, c'est le sanglier.

Le thalagoya, lui, se nourrit d'escargots, de scarabées, de scolopendres, de crapauds, de scinques, d'œufs ou d'oisillons, il ne dédaigne pas non plus les poubelles. Grimpeur émérite, il peut sauter d'un arbre de quinze mètres de haut, amortissant sa chute par un atterrissage à l'oblique à l'aide de son torse, son ventre et sa queue. A Kegalle, les thalagoyas escaladaient les arbres et plongeaient sur le toit ou dans la maison.

Le thalagoya a une langue rugueuse qui « saisit » et harponne les objets. D'après une légende, si l'on fait manger à un enfant de la langue de thalagoya, son élocution deviendra brillante, il aura la parole facile et dans son discours abonderont les détails merveilleux et pleins d'humour.

Il y a une façon de la manger, cette langue. Pour tuer le

thalagoya, vous le placez sur le sol, vous repliez sa tête sous
sa gorge et lui assenez de grands coups de poing sur la nuque.
Puis vous tranchez et mangez la langue le plus tôt possible
après la mort de l'animal. Prenez ensuite un plantain ou une
banane que vous pelez et coupez en deux dans le sens de la
longueur, placez la langue en sandwich entre les deux mor-
ceaux, et avalez le tout sans mâcher, en le laissant glisser au
fond de votre gorge. Plusieurs années plus tard, vous aurez
une éloquence éblouissante, même si elle est parfois assortie
d'un comportement répréhensible (brûler les meubles, etc.).
Je ne connais pas les effets secondaires, hormis la mort dans
certains cas.

On en fit manger une à mon oncle Noël. Il en recracha
la moitié et tomba très malade. Il faillit en mourir. Lalla, sa
mère, qui avait le chic pour se risquer à ce genre de coutumes locales, avait insisté pour qu'il l'avale. Toujours est-il
que, même s'il n'en avait ingurgité qu'un bout, son fils devint
un brillant avocat et un merveilleux conteur. Mon père, qui
connaissait bien la légende, voulut nous en faire manger alors
que nous étions au refuge d'Ambalantota. On venait de tuer
un thalagoya, qui avait fait une chute à travers le toit. Tous
les gosses allèrent se cacher en hurlant dans la salle de bains
jusqu'au départ.

Le thalagoya a d'autres usages. Il possède la seule chair que
l'on puisse donner à un malade souffrant de vomissements
continus, on le conseille aux femmes enceintes sujettes aux
nausées matinales. Nous autres enfants, nous ne savions que
trop à quoi servaient les thalagoyas et les karabagoyas. Le
karabagoya enfouit ses œufs aux creux des arbres, entre les
mois de janvier et d'avril. Cette période coïncidant avec le

match de cricket Royal-Thomian, nous les ramassions et les lancions dans les tribunes bourrées d'étudiants du Royal College. C'étaient des munitions idéales car, au contact de la peau, elles provoquaient de terribles démangeaisons. Nous nous servions de thalagoyas pour grimper les murs. Nous leur passions une corde autour du cou et les envoyions de l'autre côté. Leurs pattes pouvant s'agripper à n'importe quelle surface, il ne nous restait plus qu'à nous hisser le long de la corde.

Environ six mois avant ma naissance, ma mère, alors à Pelmadulla, aperçut deux karabagoyas en train de s'accoupler. L'*Atlas en couleurs de quelques vertébrés de Ceylan, Vol. 2*, publié par les Musées nationaux, y fait référence. C'est mon premier souvenir.

Doux comme une corneille

A Hetti Corea, 8 ans
« Les Cinghalais sont sans aucun doute un des peuples les moins musiciens du monde. Il est difficile
d'avoir aussi peu le sens de la tonalité, de l'harmo-
nie ou du rythme. »
                                        Paul Bowles

Ta voix est comme un scorpion qu'on enfonce
dans un tube de verre
comme si quelqu'un venait de marcher sur un paon
comme le vent qui hurle dans une noix de coco,
comme une bible rouillée, comme si on traînait du fil
                                        barbelé
sur les pavés de la cour, comme un porc qui se noie,
une vattacka que l'on fait frire
un os qui serre des mains
une grenouille qui chante à Carnegie Hall.
Comme une corneille qui nage dans du lait,
un nez frappé par une mangue
la foule au match Royal-Thomian,
un ventre gros de jumeaux, un chien pariah
avec une pie dans la gueule
le vol de minuit en provenance de Casablanca

le curry d'Air Pakistan,
une machine à écrire en flammes, un esprit dans le gaz
qui fait cuire ton souper
une centaine de pappadans que l'on écrase, quelqu'un
qui en vain essaye
de gratter des allumettes 3 Roses dans une pièce sombre,
la mitraillade du récif
lorsque tu mets la tête dans la mer,
un dauphin qui récite de la poésie épique à un auditoire
endormi,
le bruit du ventilateur lorsqu'on lui jette des aubergines,
les ananas que l'on tranche au marché de Pettah
le jus de bétel que l'on crache sur le papillon en plein
vol,
un village entier qui se précipite nu dans la rue,
et lacère ses sarongs, une famille en colère
qui désembourbe une jeep, une saleté sur l'aiguille,
huit requins sur le porte-bagages d'une bicyclette,
trois vieilles dames enfermées dans les toilettes
le bruit que j'ai entendu quand je faisais la sieste
— quelqu'un a traversé ma chambre avec des bracelets
aux chevilles.

Les Karapothas

« Cette partie du voyage que représente Ceylan est pénible ! Pénible ! Épuisés d'être dérangés toute la nuit — mer bruyante, planteurs qui descendent des bouteilles de coca plus bruyants encore, et le petit matin avec des corneilles et des coqs.

Les gens basanés de cette île me semblent odieusement curieux et d'une bêtise embarrassante. Et les sauvages de grimacer et de jacasser entre eux...

... Les routes sont intensément pittoresques. Des porcs-épics, des calaos, des écureuils, des pigeons, et de la poussière figurative ! »

Journal d'Edward Lear, Ceylan 1875

« Après tout, Taormine, Ceylan, l'Afrique, l'Amérique, si loin que nous allions, sont seulement la négation de ce que nous défendons, de ce que nous sommes : et nous sommes plutôt des Jonas fuyant notre lieu d'origine.

... Ceylan est une expérience, mais non pas, Dieu soit loué, une permanence. »

D.H. Lawrence

« Toutes les jungles sont maléfiques. »

Leonard Woolf

Assis dans une maison de Buller's Road, je suis l'étranger. Je suis l'enfant prodigue qui hait l'étranger. Je contemple le jardin exubérant et les deux chiens qui aboient à tout bout de champ en s'élançant dans les airs à la poursuite de l'oiseau ou de l'écureuil. Les fourmis rampent sur le bureau pour goûter tout ce qui s'y trouve. Même mon verre d'eau glacée en a attiré une douzaine qui pataugent dans le rond laissé par le gobelet, en quête de sucre. Nous voici à nouveau dans la chaleur de Colombo, en ce mois le plus chaud de l'année. Une chaleur délicieuse. La sueur coule, comme douée d'une vie propre, ruisselle le long du corps, comme si on avait cassé un œuf gigantesque sur nos épaules.

Le moment le plus agréable est entre quatre et neuf heures du matin. Le reste de la journée, la chaleur nous traque à travers la maison comme un animal, oppressante. Personne ne s'aventure trop loin hors de portée du ventilateur. En avril, les familles cinghalaises les plus aisées émigrent vers le nord du pays. On prétend que la plupart des hauts faits de la littérature érotique d'Asie se passent dans les montagnes, car il est pratiquement impossible de faire l'amour à Colombo, sauf au petit jour ; au cours des cent dernières années, rares sont ceux qui ont été conçus pendant ce mois.

Cette chaleur rendait les Anglais enragés. En 1922, D.H. Lawrence passa six mois à Ceylan, invité par les Brewster qui habitaient Kandy. Kandy a beau être de quelques degrés plus fraîche que Colombo, cela n'empêcha pas le sale caractère de Lawrence de sourdre, comme la sueur. Il trouva les Cinghalais par trop désinvoltes et se plaignit de ces «bouddhistes qui puent la papaye». Le premier jour, les Brewster l'emmenèrent faire une promenade du côté du lac Kandy. Achsah et Earl Brewster racontent que Lawrence sortit sa montre d'argent et s'aperçut qu'elle s'était arrêtée. Furieux, il tira de toutes ses forces pour briser la chaîne, et jeta la montre dans le lac. Celle-ci coula et s'en alla rejoindre d'autres trésors plus nobles enfouis là par les rois de Kandy.

La chaleur n'est pas à l'avantage des étrangers. Hier, sur la route qui va de Kandy à Colombo, nous avons traversé des festivités de Nouvel An dans chacun des villages : escalade du mât enduit de graisse, courses de vélos où les cyclistes reçoivent au passage des seaux d'eau jetés par la foule, tout ce monde participant aux cérémonies dans l'enfer de midi. Quant à mes gosses, tandis que nous redescendions vers la chaleur des basses-terres, ils devenaient belliqueux et hurlaient : la ferme, la ferme, la ferme.

A trois kilomètres de Buller's Road a vécu un autre étranger, Pablo Neruda. Au cours des années 30, il a passé deux ans à Wellawattz, où il était attaché auprès de l'ambassade chilienne. Il venait de s'échapper de Birmanie et des bras de Josie Bliss du «Tango du veuf». Dans ses *Mémoires* il parle surtout de sa mangouste apprivoisée. Une de mes tantes se le rappelle venant dîner et se mettant invariablement à chanter. Toutefois, beaucoup de ses passages ténébreux et claustrophobiques qui apparaissent dans *Résidence sur la terre* ont été écrits ici. Ce sont des poèmes qui ont contemplé ce paysage où règne le surréalisme : une végétation lourde et oppressante.

Ceylan a toujours vu trop d'étrangers... les «*karapothas*», selon l'expression de ma nièce — scarabées aux taches blanches qui n'ont jamais fini leurs vieux jours par ici, qui débarquaient, admiraient le paysage, n'aimaient guère les «natifs curieux» et s'en repartaient. Ils sont venus au début et se sont imposés en ce pays, possédés par quelque chose d'aussi subtil que l'odeur de la cannelle. S'enrichissant avec les épices. Au temps où les bateaux approchaient encore, à une dizaine de milles de la côte, les commandants de bord renversaient la cannelle sur le pont et invitaient les passagers à *sentir Ceylan* avant que l'île ne soit seulement en vue.

«De Ceylan au paradis il n'y a que dix lieues, dit la légende, on y entend déjà ses fontaines.» Robert Knox, qui fut retenu prisonnier sur l'île au XVIIᵉ siècle, se rappelle de la sorte son séjour forcé : «Je fus ainsi abandonné, malade et prisonnier, sans nul réconfort terrestre, veillé du Haut des cieux par Celui qui prête oreille à la plainte du captif.»

Il est difficile de sauter d'une imagination à l'autre... Nous sommes le pays dans lequel nous grandissons et en dehors nous ne sommes qu'étrangers et envahisseurs. Desdémone ne pouvait comprendre les exploits guerriers du More, Othello n'avait pour tout talent qu'une manche décorée qui l'ensorcela. L'île était un paradis à piller. Tout ce que l'esprit peut concevoir fut ramassé et envoyé en Europe : cardamome, poivre, soie, gingembre, santal, huile et moutarde, racine de rondier, tamarin, indigotier sauvage, bois de cerfs, défenses d'éléphants, lard, bois de coromandel, corail, sept variétés de cannelle, perle et cochenille. *Une mer parfumée.*

Et si c'était le paradis, il était aussi ténèbres. Mon ancêtre, William Charles Ondaatje, connaissait au moins cinquante-cinq espèces de poisons différentes que ses compatriotes n'avaient pas de mal à se procurer mais aucun, semble-t-il, ne fut utilisé contre l'envahisseur. Des variétés d'arsenic, du jus de scolopendre, de scorpion, de crapaud, de ver luisant, de chacal et de mangouste, des pierres bleu de paon broyées, pouvaient vous achever un homme en quelques minutes. « On se sert du croton d'Inde pour intentions criminelles et larcins », écrivit-il dans ses cahiers de biologie. Dans ses moments les plus lyriques, dans la note 28 de son rapport sur les Jardins botaniques royaux, William Charles s'éloigne du rapport formel, sort du jardin latinisé et, avec la passion de l'escargot ou de l'oiseau, nous fait don de son cœur.

Voici des palmiers majestueux aux troncs élancés et à la frondaison gracieuse, la ketmie rose de Chine, la passiflore comestible. Ici le nénuphar vogue au gré des fleuves en étendant ses feuilles — prince des plantes aquatiques ! Le Aga-mula-naeti-wala, *plante rampante sans début ni fin*, s'enroule autour des arbres et retombe en festons... Curieuses aussi ces plantes qui n'ont ni feuilles ni racines. Là encore le thunbergia ailé, la justicia rappelant un mufle, l'arbre à moutarde de l'Écriture aux feuilles succulentes et aux baies microscopiques. L'acacia s'empresse de parfumer de sa douce fragrance la plaine monotone tandis que d'autres fleurs tristes et sans nom embaument la nuit de leurs bourgeons dont elles se délivrent dans l'obscurité.

Son journal s'extasie sur la beauté et les poisons, il invente du « papier » à partir des légumes du cru, essaye remèdes et poisons locaux sur les chiens et les rats. « A Jaffna, un homme s'est suicidé en mangeant la racine du *neagala*. On donne pour avorter une potion à base de dentelaire. » Il énumère en passant les armes disponibles autour de lui. Les karapothas ont rampé dessus et admiré leur beauté.

L'île a caché sa science. Arts et coutumes complexes se sont déplacés vers l'intérieur du pays, à l'écart des nouvelles villes. Seul Robert Knox, qui avait été retenu vingt ans captif par un roi de Kandy, a su écrire sur l'île, en apprenant ses traditions. Son mémoire, un récit historique, servit de source psychologique à Defoe pour son Robinson Crusoë à l'insatiable curiosité. « Si vous examinez les traits de Crusoë, vous entreverrez quelque chose de l'homme qui ne se contenta pas d'être l'habitant solitaire d'une île déserte, mais vécut en terre étrangère parmi des étrangers, coupé de ses compatriotes, luttant avec acharnement non seulement pour revenir, mais aussi pour utiliser à bon escient le seul talent dont il eut hérité. »

Hormis Knox, puis Leonard Woolf dans son roman, *Un village dans la jungle*, très peu d'étrangers savaient vraiment où ils étaient.

***

Je persiste à croire que le bel alphabet a été créé par les Cinghalais. L'insecte d'encre prend une forme qui rappelle la faucille, la cuillère, la paupière. Les lettres sont de verre émoussé, lavé par les eaux, qui ne s'arme d'aucune dentelure. Le sanskrit était régi par des verticales, mais ses caractères aux quadrillages anguleux n'étaient pas adaptés à Ceylan. Là, les feuilles d'Ola sur lesquelles les natifs écrivaient étaient trop fragiles. Une ligne droite aurait blessé la feuille, aussi préférat-on adopter un alphabet bouclé dérivé de son cousin indien. Noix de coco lunaire... Vertèbre de l'amant.

Lorsque j'avais cinq ans, seule époque de ma vie où mon écriture fut méticuleuse, assis dans les salles de classe tropicales, j'appris les lettres ಬ, et ත, les reformant de page en page. Écrire. L'autoportrait du langage. ම. Un couvercle de chaudron qui prend la forme du feu. Des années plus tard, en regardant un manuel de biologie, je suis tombé sur une page décrivant les petits os du corps et j'ai reconnu avec joie les formes et le profil du premier alphabet que j'avais copié du livre de lecture du cours élémentaire de Kumarodaya.

Au collège pour garçons de Saint-Thomas, on m'avait donné des «lignes» à écrire en punition. Cent cinquante fois. පොල්ගෙඩි නිවසෙහි වහලයට නැගී පොල්ගෙඩි විසි නොකරමි. Je ne dois pas lancer de noix de coco sur le toit de Copplestone House. බාර්තබඩ් පියතුමාගේ තරයේ වටරවලට මිදිය යුතු නොකරමි. Il ne faut pas uriner contre les pneus du père Barnabus. C'était une protestation sociale, mon premier acte militant. Les phrases stupides se déplaçaient vers l'est au travers de la page, en quête d'une longueur, d'une histoire, d'un sens, de la grâce qui jaillirait comme une flamme après tant de signes. Pendant des années j'ai cru que la littérature était punition, un simple terrain de manœuvres. La seule liberté que me donnait l'écriture était de couvrir murs et pupitres d'expressions salaces.

Au Ve siècle avant Jésus-Christ, des graffitis furent tracés sur la face rocheuse de Sigiriya, roc fortifié d'un roi despote. De courtes odes en hommage aux femmes peintes sur les fresques qui chantaient l'amour dans sa confusion et sa fragilité, odes à des femmes de légende dévorant et domptant des vies terrestres. Au détour des phrases, les seins devenaient cygnes, les yeux s'allongeaient, purs comme des horizons. Les poètes anonymes revenaient toujours aux mêmes métaphores. Admirable et ô combien *fausse comparaison*. C'étaient les premiers poèmes populaires de ce pays.

Lorsque le gouvernement rassembla des milliers de suspects au cours de la révolte de 1971, le campus Vidyalankara de l'université de Ceylan fut transformé en camp de prisonniers. La police tria les coupables, et entreprit de saper leur moral. Quand l'université rouvrit, les étudiants trouvèrent des centaines de poèmes tracés sur les murs, les plafonds et en des coins secrets du campus. Quatrains et vers libres sur la lutte, les tortures, le courage indompté, les amis morts pour la cause. Les étudiants passèrent des journées à les recopier dans leurs cahiers avant que chaux et soude ne les fassent disparaître.

***

Je passe des heures à parler des écrivains cinghalais avec Ian Goonetileke, qui dirige la bibliothèque de Perediniya. Il me montre un ouvrage sur la révolte à partir de notes qu'il a rassemblées. En raison de la censure, il a dû le faire publier en Suisse. A la fin du livre il y a une dizaine de reproductions de fusains tracés par un insurgé sur les murs de l'une des maisons dans lesquelles il s'était caché. L'âge moyen des insurgés était de dix-sept ans. Des milliers furent massacrés par la police et l'armée. Tandis que les fleuves Kelani et Mahaveli coulaient vers la mer, charriant des cadavres, ces dessins furent détruits de telle sorte que cet ouvrage reste la seule trace que nous ayons d'eux. L'artiste est anonyme. Les œuvres paraissent aussi importantes que les fresques de Sigiriya. Elles ont elles aussi besoin d'éternité.

Il me montre également la poésie de Lakdasa Wikkramasinha, un de ses meilleurs amis qui s'est noyé récemment dans un lac du mont Lavinia. Un poète puissant et révolté. Lakdasa avait deux ans d'avance sur moi au collège Saint-Thomas et même si je ne l'ai jamais connu, nous avons étudié dans les mêmes salles de classe avec les mêmes professeurs.

Tandis que je sors de chez lui, Ian retourne aux merveilleux dessins de George Keyt qui emplissent son bureau et à ces livres qu'il a essayé de publier un peu partout afin de rétablir la vérité, de dévoiler les légendes. C'est un homme qui sait que l'histoire appartient encore au présent, que celle-ci est la dernière heure de son ami Lakdasa s'éteignant dans la mer bleue du mont Lavinia, là où les touristes vont prendre un bain de soleil, qu'elle est le mur consumé qui contenait ces dessins au fusain dont la conscience passionnée aurait dû être gravée dans le rocher. Des voix que je ne connaissais pas. Des visions anonymes. Et secrètes.

Ce matin, dans la maison de Buller's Road, je lis la poésie de Lakdasa Wikkramasinha.

> *Ne me parlez pas de Matisse...*
> *du style européen des années 1900, de la tradition de l'atelier*
> *où la femme nue se prélasse à jamais*
> *sur un drap de sang*
> *Parlez-moi plutôt de la culture en général —*
> *Dites-moi comment les meurtriers furent nourris*
> *par la beauté dérobée aux sauvages; en nos lointains*
> *villages les peintres sont venus; badigeonnés de blanc,*
> *nos cases de boue furent criblées de balles.*

Hautes fleurs

Sa cotonnade doucement frémit
dans la chaleur.

            Pied à la rude écorce.
Elle fend la noix de coco jaune
couleur de la pierre d'Anuradhapura.

La femme que mes ancêtres ont ignorée
est assise sur le pas de la porte
et fend la noix de coco
et lave le riz.

Son mari avance
dans l'air entre les arbres
coutelas sur sa hanche.
A l'ombre altière
des palmes
il saisit une main de corde au-dessus de sa tête
et de son pied nu, une autre au-dessous.
Il boit la première et douce gorgée
de la fleur coupée, qu'il trait

dans une jarre au goulot étroit
et passe à l'arbre suivant.

Au-dessus des routes étroites de Wattala,
Kalutata, le gemmeur, s'avance
recueillant le lait du palmier
pour les cuves des tavernes.
Ici, en bas, la lumière tempête entre les branches,
et fait bouillir la rue.
Les villageois se tiennent à l'ombre, ils boivent
le liquide blanc
dans une feuille roulée en cône.
Il travaille vite pour atteindre son quota
avant la mousson furieuse.
Couteau et pot n'ont guère changé
depuis les gravures du XVIIIᵉ
que l'on voit au musée.

Dans le village,
une femme brasse du riz
sur une natte de jonc.
Grains et enveloppe séparés
sont confiés au soleil.
De sa retraite obscure parmi les hautes fleurs
à cette case limitée par des murs de torchis
l'important se prépare dans l'ombre
lents mouvements de la femme
rêves de l'homme, s'élancer
d'arbre en arbre et sans corde.
Ce n'est pas sa fierté qui lui permet cette liberté

parois en bâche de la jeep
pour capter l'air en contrebas

sur un banc derrière la lumière du soleil
La femme   les noix de coco   le couteau

Des femmes comme toi

(le poème communautaire, graffiti sigiri, Vᵉ siècle)

Elles ne bougent pas
ces dames de la montagne
ne daignent nous donner
un frisson de paupières.

Le roi est mort.

Elles ne répondent à personne
élisent le roc dur
pour amant.
Pour des femmes comme vous
des hommes vident leur cœur

«En te voyant ne veux
d'autre vie»
«Les peaux dorées
ont ensorcelé mon esprit»

elles qui vinrent ici
de la lande pâle
escaladèrent cette forteresse
pour adorer le roc
et qui avec la vacance de l'air
derrière elles
              gravèrent un alphabet
fruit du désir parfait.

désirant ces portraits de femmes
pour leur parler
et les caresser.

Centaines de petites rimes
de différentes mains
devinrent manie des amours malheureuses.

En te voyant
autre vie point ne veux
vers le ciel je me tourne et partout ici-bas
jungle, vagues de chaleur
amour séculier

tenant la fleur nouvelle
un cercle d'index et de pouce
qui est une fenêtre
pour ton sein

plaisir de la peau
boucle d'oreille   boucle d'oreille
courbe
du ventre
          et puis
sirène de pierre
cœur de pierre
sec comme fleur
sur roc
vous femmes aux yeux   allongés
seins
lèvres
de cycle doré ivres
les yeux allongés   allongés

Nous nous tenons contre le ciel

Je t'apporte

une flûte
de la gorge
d'un huart

alors parle-moi
du cœur usé.

L'écorceur de cannelle

Si j'étais écorceur de cannelle
je chevaucherais ton lit
et sur ton oreiller je laisserais de la
poudre d'écorce jaune.

Tes seins tes épaules exhaleraient une odeur maligne
jamais tu ne pourrais traverser le marché
sans que sur toi
flotte le métier de mes doigts.
L'aveugle trébucherait à ton approche
sûr de savoir qui tu es
quand bien même tu te baignerais
sous les gouttières, sous la mousson.

Ici au haut de ta cuisse
à cette douce pâture
qui voisine ta chevelure
ou le pli
qui partage ton dos. Cette cheville.
Parmi les étrangers tu seras connue
comme la femme de l'écorceur de cannelle.

Avant la noce,
à peine si je pouvais te regarder
ni jamais te toucher
— ta mère au nez rusé, tes frères trop frustes.
Dans le safran
j'ai enfoui mes mains, à la vapeur du goudron fumant
j'ai caché leur odeur,
j'ai aidé ceux qui récoltent le miel...

*

Un jour quand nous nagions
je t'ai touchée dans l'eau
et nos corps sont restés libres,
tu pouvais me serrer, sourde à l'odeur.
Tu es restée sur la rive et m'as dit

c'est ainsi que tu touches les autres femmes
la femme du faucheur,
la fille du chaufournier.
Et tu as recherché sur tes bras le parfum évanoui
et su

à quoi bon
être la fille du chaufournier
laissée sans trace
à qui nul n'a parlé pendant l'acte
d'amour
blessée sans le plaisir d'une cicatrice.

Tu as approché
ton ventre de mes mains
dans l'air sec et tu as dit
Je suis la femme
de l'écorceur de cannelle. Sens-moi.

Kegalle (II)

La maison familiale de Rock Hill était envahie de serpents, en particulier de cobras. Le jardin alentour n'était pas si dangereux, mais un pas de trop et vous aviez toutes les chances d'en rencontrer. Les poulets que mon père éleva par la suite étaient un appât supplémentaire. Les serpents venaient voler les œufs. La seule arme de dissuasion que trouva mon père furent des balles de ping-pong. Des cageots de balles de ping-pong qu'il se faisait expédier et dissimulait parmi les œufs. Le serpent avalait la balle et celle-ci lui restait dans le gosier. Il consacra plusieurs paragraphes à cette méthode de lutte contre les serpents dans une brochure sur l'élevage de la volaille.

Les reptiles venaient jusque dans la maison. Au moins une fois par mois, on entendait des hurlements, la famille courait dans tous les sens, on sortait le fusil de chasse et la chose rampante explosait en mille tronçons. Çà et là, les murs et les planchers gardent les traces de ces mitraillades. Un jour, ma belle-mère en trouva un lové sur son bureau, et, bien qu'il dormît, elle n'osa s'approcher du tiroir pour y prendre la clef de l'étui du fusil.

Une autre fois on en trouva un assoupi sur le grand poste de radio, pour en capter la chaleur ; et comme personne ne voulait détruire l'unique source de musique de la maison, on le surveilla soigneusement tout en lui fichant la paix.

La plupart du temps, on entendait des pas précipités, des cris affolés, chacun essayant de calmer le reste de la maisonnée, pendant que mon père ou ma belle-mère tiraient, sans se préoccuper du décor, sur le mur, le canapé, la carafe. A eux deux, ils tuèrent au moins une trentaine de serpents.

Après la mort de mon père, un cobra gris pénétra dans la maison. Ma belle-mère chargea le fusil et tira à bout portant. L'arme s'enraya. Le temps qu'elle recule et recharge, le serpent avait filé dans le jardin. Au cours du mois qui suivit, le serpent revint visiter la maison. Chaque fois, le fusil s'enrayait ou ma belle-mère ratait de peu l'animal. Mais il n'attaquait personne, il adorait suivre ma jeune sœur Susan. Lorsqu'ils se risquaient à l'intérieur, ses congénères étaient abattus sur le coup, ramassés au bout d'un long bâton et lancés dans les buissons. Le cobra gris avait été touché par la grâce. Un beau jour, l'un des plus vieux ouvriers de Rock Hill expliqua à ma mère ce qui pour lui tombait sous le sens : mon père était revenu protéger sa famille. En vérité, était-ce l'élevage de poulets alors interrompu ? la présence rampante de mon père ? — à dater de ce jour, très peu de serpents pénétrèrent dans la maison.

***

Le dernier incident à Rock Hill eut lieu en 1971, un an après la vente de la ferme. 1971 : l'année de l'Insurrection.

Ceux qu'on appelait les rebelles viennent de tous les horizons, par milliers — des jeunes, pour la plupart. Les insurgés avaient de quinze à vingt ans. Étonnant mélange d'innocence, de détermination et d'anarchisme, fabriquant des bombes avec des clous et des bouts de métal, ravis et fiers de leur uniforme — pantalon bleu avec sa rayure sur le côté et chaussures de tennis. Certains n'avaient jamais porté de tennis auparavant. Mon cousin Rhunie séjournait au refuge d'Ambepussa avec la troupe de danseurs de Chitrasena, lorsqu'une cinquantaine d'insurgés défilèrent sur la route en chantant « nous avons faim, nous avons faim », et pillèrent la nourriture sans faire de mal à personne car ils étaient tous des fans de la troupe.

Ils étaient remarquablement organisés. On a dit qu'ils auraient pris le pouvoir si un groupe ne s'était pas trompé dans les dates, attaquant un jour trop tôt le commissariat de police de Wellaya. Tous les commissariats, toutes les casernes, toutes les stations de radio devaient être attaquées en même temps, le lendemain. Certains groupes se cachèrent à Wilpattu et Yala, dans les réserves de la jungle, où ils survécurent en se nourrissant de la faune. Une semaine avant le soulèvement, ils avaient pénétré dans les bureaux du gouvernement local, étudié les fichiers et repéré l'emplacement de chaque arme enregistrée dans le pays. Le lendemain de la rébellion, à Kegalle, une bande de vingt mutinés alla de maison en maison pour collecter des armes et apparut finalement sur la colline de Rock Hill.

Ils avaient déjà mis à sac plusieurs maisons, emportant tout avec eux — vivres, matériel, radios, vêtements. Mais ce groupe d'adolescents se montra fort courtois à l'égard de ma belle-mère et de ses enfants. Mon père aurait donné, semblait-il, quelques acres de Rock Hill pour construire un terrain de jeux et bon nombre de ces insurgés l'avaient bien connu.

Ils réclamèrent les armes que nous possédions et ma belle-mère leur tendit le fameux fusil. Ils vérifièrent sur les listes et virent qu'y figurait également autre chose : une carabine à air comprimé répertoriée à tort. Je m'en étais souvent servi, quand j'avais dix ans, enfoncé jusqu'aux chevilles dans les rizières, tirant sur les oiseaux ou les fruits des arbres. Sous la véranda, les transactions officielles se poursuivaient, les insurgés avaient déposé leur impressionnante collection d'armes, recueillies dans Kegalle, et persuadaient ma sœur Susan de leur donner une batte et une balle. Après lui avoir proposé de se joindre à eux, ils se lancèrent dans un match de cricket qui dura presque tout l'après-midi.

PLUMAGE D'ÉCLIPSE

Conversation du déjeuner

Attends ! Attends ! Quand est-ce que c'est arrivé ? J'essaye de m'y retrouver...

Ta mère avait neuf ans, Hilden était là ainsi que ta grand-mère Lalla, David Grenier et sa femme Dickie.

Quel âge avait Hilden ?

Oh ! un peu plus de vingt ans.

Mais Hilden était en train de dîner avec ma mère et toi.

Oui, répond Barbara. Ainsi que Trevor de Saram. Et Hilden. Ta mère et moi nous étions plus qu'éméchés. C'était un repas de mariage, chez Babette, si j'ai bonne mémoire. Je m'y perds dans tous ces mariages. Je sais que Hilden fréquentait à l'époque un groupe de fieffés fêtards et qu'il s'est donc retrouvé ivre très tôt. Nous riions de la noyade de David Grenier.

Je n'ai pas ouvert la bouche.

Nous riions de Lalla, parce que Lalla avait bien failli se noyer elle aussi. Figure-toi qu'elle avait été prise dans un courant et qu'au lieu de lutter elle s'était tout bonnement laissée dériver vers le large, finissant par revenir au point de départ. Elle prétendait avoir croisé des bateaux.

Alors Trevor s'est emporté et a provoqué Hilden en duel. Il ne pouvait *supporter* ni de voir tout le monde s'esclaffer, ni de voir Hilden et Doris (ta mère) ivres, flirtant à cœur joie, s'imaginait-il.

Mais *pourquoi* ? a demandé ta mère à Trevor.

Parce qu'il insinue des choses à ton sujet.

Ridicule. J'adore les insinuations. Et tous partirent d'un éclat de rire. Trevor est resté là, blanc de rage.

C'est alors que j'ai compris que Trevor avait été amoureux de ta mère, d'ailleurs ton père a toujours *dit* qu'elle avait un admirateur secret. Trevor ne pouvait supporter que Hilden et elle puissent s'amuser sous ses yeux.

Ridicule, dit ta mère. Cela aurait été incestueux. En outre (ajouta-t-elle avec un clin d'œil du côté de Hilden et Trevor, consciente aussi des convives suspendus à ses lèvres), ces deux messieurs en ont après l'argent de ma retraite.

Ce qui s'est passé, dit Hilden, c'est que j'ai tracé un cercle autour de Doris. Dans le sable. Et je l'ai menacée : «Si tu oses sortir de ce cercle, tu verras ta raclée.»

Attends! Attends! Quand est-ce que ça se passe?

Ta mère a neuf ans, dit Hilden. Et dans la mer, près de Negombo, David Grenier est en train de se noyer. Je ne voulais pas qu'elle sorte.

Tu étais amoureux d'une gosse de neuf ans?

Ni Hilden, ni Trevor n'ont jamais été amoureux de notre mère, me souffle Gillian. Les gens sont toujours comme ça aux mariages, il faut qu'ils se souviennent du passé la larme à l'œil, et fassent croire qu'ils ont vécu de grandes passions secrètes...

Non, non et non. Trevor était amoureux de ta mère, je le répète.

N'importe quoi!

J'avais une vingtaine d'années, intervient Hilden. Ta mère en avait neuf. Je voulais seulement l'empêcher d'aller dans l'eau pendant que nous essayions de sauver David Grenier. Dickie, sa femme, s'était évanouie. Lalla, la mère de ta mère, avait été emportée par le courant en direction de l'océan, j'étais sur le rivage avec Trevor.

Trevor était là aussi, tu vois...

Qui est Hilden? demande Tory.

C'est *moi*... ton hôte!

Oh.

Peu importe... il semble que tu nous racontes trois histoires différentes.

Non, *une seule*, répond tout le monde en riant.

Une quand ta mère avait neuf ans. Une autre quand elle en avait soixante-cinq et qu'elle avait bu lors d'un repas de mariage, et visiblement il y a aussi une période d'amours non partagées dont a souffert Trevor le silencieux. Ce dernier n'a jamais déclaré sa flamme mais s'est toujours chargé de remettre à sa place quiconque, à son avis, insultait ta mère. Même si celle-ci ne faisait en fait que s'amuser avec le monsieur en question, comme ce fut le cas avec Hilden alors qu'elle avait soixante-cinq ans.

Bonté divine! Mais j'y étais avec eux deux, s'exclame Barbara, et c'est *moi* la femme de Hilden!

Alors, où est ma grand-mère?

Elle est quelque part dans l'océan, tandis que Hilden, théâtral, dessine un cercle autour de ta mère et lui dit : «Si tu oses en sortir...!» Ta mère regarde David Grenier se noyer. La femme de Grenier, qui va se marier encore trois fois, y compris avec un type qui deviendra cinglé, est allongée sur le sable, évanouie. Et ta mère peut entrevoir le chignon de sa mère entre deux vagues. Hilden et Trevor essayent de ramener le corps de David Grenier en veillant à ne pas se laisser entraîner par le courant.

Ma mère a neuf ans.

Ta mère a neuf ans. Et cela se passe à Negombo.

D'accord.

Là-dessus, une heure plus tard, ma grand-mère, Lalla, revient et distrait tout le monde en racontant comment elle a croisé des bateaux et on lui dit que David Grenier est mort et personne ne veut annoncer la nouvelle à Dickie, son épouse. Personne ne le peut. Et Lalla dit que oui, elle le fera, car Dickie est sa sœur. Là-dessus, elle va s'asseoir auprès de Dickie, évanouie dans le sable, et Lalla, dans son maillot de bain grand chic, lui prend la main. Veille à ce que ce ne soit pas un trop gros choc pour elle, dit Trevor. Surtout, dis-le-lui doucement. Ma grand-mère le renvoie d'un signe. Pendant un quart d'heure elle reste seule avec sa sœur, attendant que celle-ci se réveille. Elle ne sait que dire. Soudain, elle se sent à son tour épuisée. Elle déteste l'idée de faire du mal à quelqu'un.

Les deux hommes, Hilden et Trevor, préfèrent rester à l'écart, ils s'arrangeront pour emmener sa fille, c'est-à-dire ma mère, un peu plus loin sur la plage en attendant que Dickie s'asseye. Alors, sans se presser, ils reviendront vers Dickie et ma grand-mère et présenteront leurs condoléances.

Dickie remue. Lalla lui tient la main. Elle regarde autour d'elle. «Comment va David? S'en est-il tiré?» seront ses premiers mots. «Fort bien, ma chérie, répond Lalla. Il est dans la pièce à côté en train de prendre une tasse de thé.»

Les tantes

Mode d'emploi.

Elles tissent l'histoire. Chaque souvenir est un fil sauvage dans le sarong. Elles me guident à travers les pièces obscures encombrées de meubles — teck, rotin, coromandel, bambou —, chuchotent à l'occasion d'une tasse de thé, d'une cigarette, me distraient du récit avec leurs bras osseux qui n'en finissent pas et voltigent sur la table comme des pattes de cigogne raidies. Comme j'aimerais prendre cette scène en photo ! Les muscles fins, les os, les veines du poignet que l'on confondrait avec le bracelet discret, disparaissent dans les flots d'un sari de couleur vive ou de cotonnade fanée.

Ma tante Dolly mesure un mètre cinquante-cinq. Elle pèse trente-cinq kilos. Elle fume depuis l'âge de quinze ans et son cerveau de quatre-vingts printemps pétille comme une bougie d'allumage en nous faisant revivre telle ou telle année. Elle répète toujours les trois derniers mots de votre question et vous donne la réponse la plus inattendue. Dans la grande maison dont les ailes se désagrègent pour devenir jardin et brousse, elle évolue, aussi frêle que Miss Havisham. De l'extérieur, la maison semble difficilement utilisable. J'escalade la

fenêtre qui encadre sa silhouette et elle m'accueille en me
disant : «Si on m'avait dit que je te reverrais!» Et soudain
tous ces voyages en valent la peine, ne serait-ce que pour serrer dans mes bras ce petit bout de femme qui lance sa canne
sur la table pour m'embrasser. Elle et son frère Arthur ont
été les meilleurs amis de mon père. Quel qu'ait été son for-
fait, il savait qu'Arthur serait là pour lui parler et l'empêcher de sombrer dans la folie, la faiblesse, la solitude. Ils ont
fait découvrir le théâtre à la plupart des enfants de notre génération, nous costumant pour *Le Mikado* ou *Le Songe d'une
nuit d'été*, dans des tenues que Doris avait confectionnées elle-
même. Bien que sa famille ne fût pas portée à l'excès sur la
bagatelle, ils protégeaient quiconque était dans le feu d'une
passion. «Les aventures allaient bon train autour de nous,
même lorsque nous étions enfants... Nous avions de l'entraînement.»

Aujourd'hui est un de ces jours où l'oreille de Doris se fait
un peu prier... Mais la conversation ne tarit pas, tout à la
joie des retrouvailles. «Oh! je me suis occupée de toi plusieurs fois quand tu étais à Boralesgamuwa, tu te rappelles?»
«Oui, bien sûr.» «COMMENT?» «*Oui.*» La fragilité de l'âge
n'entrave pas son récit, meme si elle s'arrête de temps en
temps pour dire : «Mon Dieu, si tu vas raconter que j'ai dit
ça, c'en sera fini de moi. On me poursuivra pour diffama-
tion et on me *tuera*... Vois-tu, ils adoraient ça, les petits jeux
galants. Toutes ces dames ont rencontré leur beau aux Cin-
namon Gardens, c'est là qu'ils allaient faire leur cour, après
ça ils revenaient ici et se servaient d'une visite chez nous
comme alibi. Ta grand-mère Lalla, par exemple, avait beaucoup de prétendants. Impossible d'arriver à suivre. C'était

tout juste s'il ne fallait pas mettre les noms par écrit pour
se rappeler qui elle fréquentait.

La conversation est sans cesse interrompue par un homme
quasi allongé sous le plafond dans lequel il plante des clous,
espérant le faire tenir quelques années encore. Dehors, des
poulets peu discrets meublent les silences entre les mots de
Dolly. Les yeux se plissent à cause de la fumée. « J'aimerais
te voir convenablement mais cette semaine, on refait mes
lunettes. »

Mi-sourde, mi-aveugle, au moment où je me prépare à prendre congé, elle brave les échelles de la salle de séjour sur lesquelles se maintiennent en équilibre ouvriers et pots de
peinture, et m'accompagne au jardin — où m'attendent un
cheval sauvage, une automobile de 1930 vautrée sur ses essieux
et des centaines de buissons de fleurs —, laissant nager son
regard sur ce vert profond et ce mauve flou. Aujourd'hui,
on ne sait où commence la maison ni où finit le jardin. Pluies,
plantes rampantes et poulets pénètrent dans les pièces. Avant
que je ne parte, elle pointe le doigt vers une photographie
prise lors d'une fête costumée ; parmi les invités, on aperçoit
ma grand-mère Lalla et elle, Dolly. Depuis des années, elle
la regarde, elle a mémorisé la place de chacun. Elle dévide
les noms, rit de ces expressions qu'elle ne peut plus voir. Cela
s'est imprimé dans son cerveau, tangible, palpable, comme
le souvenir envahit le présent du vieillard, comme le jardin
envahit la maison, comme son corps minuscule vient se nicher
contre le mien, aussi intimement que tout ce que j'ai pu
connaître. Et je dois faire un effort pour prendre doucement
cette fragilité dans mes bras.

Les passions de Lalla

Ma grand-mère mourut entre les bras bleus d'un jacaranda. Elle savait lire dans le tonnerre.

Elle prétendait être née en pleine nature, sans crier gare, au beau milieu d'un pique-nique, bien que les preuves de ce haut fait soient minces. Son père, issu d'une branche des Keyts quelque peu effacée, avait fait fi de toute prudence en épousant une Dickman. La race était, disait-on, excentrique (une Dickman se serait immolée par le feu) et souvent des rumeurs voilées concernant la famille s'infiltraient dans Colombo. «Ceux qui épousaient les Dickman avaient peur.»

On ne sait pas grand-chose sur l'enfance de Lalla. Peut-être fut-elle une fillette timide, car ces êtres doués de pouvoirs magiques s'affranchissent des contraintes du silence après les années de chrysalide. A vingt ans, on la retrouve à Colombo où elle se lance dans des fiançailles hésitantes avec Shelton de Saram, bel homme et non moins bel égoïste. Il aspirait à la vie facile. Aussi, lorsque Frieda Donhorst débarqua d'Angleterre «avec un mince vernis britannique et le carnet de chèques des Donhorst», s'empressa-t-il de l'épouser. Lalla en eut le cœur brisé. Elle passa par des crises de rage au cours desquelles elle martelait de ses poings le lit de ses proches. Mais elle saisit la balle au bond en épousant Willie Gratiaen — il était champion de cricket.

Willie était aussi courtier. Le fait qu'il fût l'un des premiers cinghalais à travailler pour E. John and Co. assura à cette firme anglaise la majorité de la clientèle locale. Une fois mariés, ils achetèrent une grande maison, « Palm Lodge », au cœur même de Colombo, et dans les quinze mille mètres carrés de terrain attenants, ils installèrent une laiterie. C'était la deuxième fois que Willie s'essayait à l'élevage. Ayant un faible pour les œufs, il avait décidé auparavant d'importer d'Australie une race de poules noires qu'il prévoyait de développer. Moyennant des sommes pharamineuses, les œufs tant prisés arrivèrent enfin par bateau d'Australie, prêts à être couvés, mais Lalla en fit par accident une omelette lors d'un dîner entre amis.

Peu après les débuts de sa laiterie, Willie tomba gravement malade. Lalla, incapable de faire face, courait chez les voisins, martelait leurs lits, et fit vœu de se convertir au catholicisme si Willie se rétablissait. Ce ne fut pas le cas et Lalla se retrouva seule pour élever leurs deux enfants.

Elle n'avait pas encore trente ans et, au cours des quelques années qui suivirent, elle eut pour grande amie sa voisine, Renée de Saram, elle aussi à la tête d'une laiterie. Le mari de Renée n'aimait ni Lalla, ni les poulets de sa femme. Chaque matin, avant l'aube, les poulets et surtout Lalla le tiraient de son sommeil. Le rire bruyant de la jeune femme résonnait en effet à travers le jardin tandis qu'elle organisait la traite. Un matin, Renée fut réveillée par le silence. Sortant dans le jardin, elle aperçut son époux en train d'attacher le bec des poulets à l'aide de bouts de ficelle ou, dans certains cas, d'élastiques. Elle protesta mais il eut le dessus et ils virent bientôt les volatiles faire une danse de la mort, dans les affres de l'épuisement et de la faim. Quelques-uns réussirent à s'échapper, d'autres furent kidnappés par Lalla en furie qui les enfouit dans les plis de sa grande jupe marron et les emmena à Palm Lodge où elle les fit rôtir. Un an plus tard, le mari sombra dans un mutisme absolu. Les seuls bruits qui provenaient de sa chambre étaient des aboiements. Par la suite, des caquètements. On pensa qu'il avait été victime d'un mauvais sort. Des semaines durant, il caqueta, aboya, piailla, éventra ses oreillers en un blizzard de plumes, balafra les beaux parquets, sauta sur la pelouse par les fenêtres du premier étage et finit par se suicider d'une balle de revolver. Renée se retrouvait seule à l'âge de trente-deux ans, avec des enfants à élever. Ainsi, après une période prospère, Renée et Lalla connaîtraient des années de vaches maigres auxquelles elles survivraient grâce à leur esprit, à leur tempérament et à leur beauté. Les deux veuves devinrent le centre d'intérêt de nombreux maris qui s'ennuyaient. Ni l'une ni l'autre ne se remaria.

Chacune avait trente-cinq vaches. La traite commençait à quatre heures et demie du matin. Dès six heures, leurs six laitiers sillonnaient la ville à bicyclette pour livrer le lait frais aux clients. Si nécessaire, Lalla et Renée n'hésitaient pas à outrepasser la loi. Lorsqu'une de leurs vaches attrapa la peste bovine, maladie pour laquelle les autorités sanitaires étaient en droit d'ordonner la fermeture de la laiterie pendant plusieurs mois, Renée prit l'arme qui avait déjà tué son mari et tua elle-même l'animal. Aidée par Lalla, elle le brûla et l'enterra dans son jardin. Le lait fut livré ce matin-là comme d'habitude, bidons d'aluminium tintinabulant contre les guidons des vélos.

A l'époque, un dénommé Brumphy menait l'équipe des laitiers de Lalla. Apprenant qu'un Écossais du nom de McKay avait fait du gringue à une jeune servante, Brumphy le poignarda. Le temps que les gendarmes arrivent, Lalla l'avait caché dans une de ses granges ; lorsqu'ils revinrent, elle l'avait emmené chez une voisine, Lilian Bevan. Dieu sait pourquoi, Mrs Bevan approuvait tout ce que faisait Lalla. Elle était malade lorsque Lalla entra en trombe chez elle pour faire disparaître Brumphy sous le lit dont le couvre-pied était ourlé de longues franges qui balayaient le plancher. Lalla lui expliqua qu'il ne s'agissait que d'un délit mineur. Quand les gendarmes apparurent chez les Bevan et décrivirent le meurtre avec force détails, Lilian n'en menait pas large, car l'auteur du meurtre était si près d'elle. Enfin, elle ne pouvait tout de même pas décevoir Lalla, aussi décida-t-elle de faire disparaître Brumphy en l'emmenant vers un autre refuge.

Il y eut toutefois une audience au tribunal présidée par le juge E.W. Jayawardene, l'un des partenaires de bridge préférés de Lalla. Citée comme témoin, elle ne cessa de l'appeler « mon Seigneur et mon Dieu ». Jayawardene était sans doute l'un des hommes les plus laids de Ceylan. Lorsqu'il demanda à Lalla si Brumphy était bel homme, essayant avec humour de trouver ce qui valait à ce dernier la protection de Lalla, elle répliqua : « S'il est beau ? Qui sait, mon Seigneur et mon Dieu, certains pourraient même vous trouver beau. » Elle fut expulsée du tribunal sous les rires du public qui se leva pour l'applaudir. Ce dialogue est consigné dans les archives judiciaires du musée de Buller's Road. Quoi qu'il en fût, Lalla continua à jouer au bridge avec E.W. Jayawardene et leurs fils demeurèrent amis intimes.

A l'exception de rares apparitions au tribunal, parfois pour aller voir d'autres amis témoigner, les journées de Lalla étaient planifiées avec soin. Elle se levait à quatre heures avec les responsables de la traite, surveillait la laiterie, vérifiait la comptabilité, et finissait vers neuf heures du matin. Elle concédait le reste de sa journée aux mondanités, visites, déjeuners, accueil de ses admirateurs et bridge. Elle élevait aussi ses deux enfants. C'est dans le jardin de Palm Lodge que ma mère et Dorothy Clementi-Smith répétaient leurs danses, sous les regards bovins.

***

Des années durant, Palm Lodge attira le même groupe. Ils s'y retrouvèrent gamins, puis adolescents et enfin jeunes adultes. Toute sa vie ou presque, Lalla eut des enfants dans ses jupons : n'était-elle pas en effet le chaperon le plus désinvolte et irresponsable qui fût, trop préoccupée par sa vie personnelle pour pouvoir les surveiller ? Une rizière séparait Palm Lodge de Royden, la propriété des Daniel. Le jour où l'on se plaignit que des armées de gosses envahissaient Royden de leurs pieds boueux, Lalla acheta dix paires d'échasses et apprit à ses protégés à traverser les rizières sur ces « *borukakuls* » ou « patte-attrape ». Lalla répondait « oui » à toute sollicitation si elle était en train de jouer au bridge, ils savaient donc quand lui demander la permission de faire les choses les plus impensables. Chaque gamin devait faire partie du groupe. Elle était particulièrement opposée aux leçons particulières du samedi matin, n'hésitant pas à louer une voiture pour aller chercher Peggy Peiris, entre autres. Elle se précipitait dans l'école à midi en hurlant «PEGGY!!!», sa longue robe noire évasée froufroutant dans les couloirs, comme un coq qui traîne sa queue. Les amis de Peggy se penchaient par-dessus la balustrade et lui disaient : «Tiens, regarde! Voilà ta toquée de tante qui arrive!»

En grandissant, les enfants comprirent que Lalla n'avait en fait que de très petits moyens. Elle les emmenait au restaurant où l'on refusait de la servir, car elle n'avait pas payé ses additions précédentes. Peu importe, tous la suivaient, même si l'on n'était jamais assuré de pouvoir déjeuner. C'était la même chose avec les adultes. Un soir, lors d'un de ses grands dîners, elle pria Lionel Wendt, qui était très timide, de découper le rôti. On plaça une gigantesque marmite devant lui. Au moment où il soulevait le couvercle, un chevreau en bondit et traversa la table en gambadant. Lalla s'était tellement laissé absorber par la plaisanterie qu'elle en avait oublié le dîner lui-même. Une fois que choc et rires se furent apaisés, les assiettes restèrent vides.

Très jeunes, Noël et Doris, ses deux enfants, ne pouvaient faire un geste sans être embarqués dans le théâtre quotidien de Lalla. Elle ne cessait d'imaginer des tenues destinées à ma mère pour ces fêtes costumées qui faisaient fureur à l'époque. Grâce à Lalla, ma mère, alors adolescente, remporta tous les concours de déguisements trois années de suite. Lalla avait un faible pour les animaux ou les créatures marines. Son apothéose fut l'apparition de ma mère en homard au bal de Galle Face — dans son costume rouge vif constellé de crustacés et de pinces qui lui sortaient des épaules et semblaient bouger toutes seules. Unique problème : impossible de s'asseoir durant la soirée. Il lui fallut se promener ou valser, raide comme la justice, avec sa tribu de soupirants qui, s'ils s'inclinaient devant l'effort d'imagination que représentait ce costume, trouvèrent sa belle silhouette d'approche bien difficile. Et qui sait... peut-être était-ce là l'ultime trouvaille de Lalla. Pendant des années, on se contenta d'admirer ma mère à distance. Sur la piste de danse, on la remarquait dans sa splendeur animale ou crustacée ; mais pinces de homards ou bourrelets de chenilles avaient tendance à dissuader les prétendants de toute approche séductrice. Quand les couples s'isoleraient au clair de lune dans le parc de Galle Face, n'était-il pas quelque peu gênant d'être vu en compagnie d'un homard ?

Le jour où ma mère finit par annoncer ses fiançailles avec mon père, Lalla se tourna vers ses amies et leur dit : « Qu'en penses-tu, ma chérie, elle va épouser un Ondaatje... Elle va épouser un *Tamoul* ! » Des années plus tard, lorsque j'envoyai à ma mère mon premier recueil de poèmes, elle ouvrit la porte à ma sœur avec un visage stupéfait et lui dit dans les mêmes termes et sur le même ton : « Qu'en penses-tu, Janet ? (la main sur la joue pour accentuer le côté tragique) Michael est devenu *poète* ! » Lalla continua à souligner l'élément tamoul dans l'ascendance de mon père, pour la plus grande joie de ce dernier. Lors du mariage, elle fit décorer deux fauteuils de mariés à la mode hindoue et rit pendant toute la cérémonie. Mais l'incident fit déterrer à mon père la hache de guerre.

Vivre avec des excentriques est des plus agaçants. Ma mère, par exemple, si étrange que cela puisse paraître, ne me parla *jamais* de Lalla. Cette dernière avait surtout ses fervents parmi ceux qui la voyaient arriver de loin comme l'ouragan. Elle aimait sincèrement les enfants, ou du moins la compagnie — vaches, adultes, bébés ou chiens. Il lui fallait se sentir entourée. Mais être «harponnée» ou devenir la «chose» de quelqu'un la rendait enragée. Pleine d'indulgence pour les enfants, elle évitait néanmoins de les tenir sur ses genoux. Elle ne supportait pas davantage que ses petits-enfants lui donnent la main lorsqu'ils partaient en promenade. Aussi se hâtait-elle de les mener à l'entrée de ce terrifiant labyrinthe qu'était le parc de Nuwara Eliya, où elle les abandonnait à leur sort, tandis qu'elle s'en allait subtiliser des fleurs. Elle était résolument égoïste sur le plan matériel. A soixante ans passés, elle se plaignait encore du «fil à la patte» qu'avaient représenté les tétées de son fils alors qu'elle voulait aller danser.

***

Débarrassée des enfants une fois qu'ils avaient grandi, Lalla s'occupa de ses frères et sœurs. «Dickie» semblait se marier sans arrêt; après la noyade de David Grenier, elle épousa de Vos, un Wombeck, puis un Anglais. Vere, le frère de Lalla, s'efforça de rester célibataire toute sa vie. A l'époque où elle flirtait avec le catholicisme, elle décréta que Vere devait épouser la sœur du curé, une demoiselle qui *avait* pensé entrer dans les ordres. La sœur en question avait une dot de trente mille roupies; de leur côté Vere et Lalla étaient à court d'argent car ils se complaisaient en de longues et coûteuses beuveries. Lalla complota le mariage. Tant pis si la future n'était pas jolie et si Vere, lui, avait un penchant pour les beautés. Le soir des noces, l'épousée pria pendant une demi-heure au pied du lit puis se mit à chanter des hymnes. Du coup, Vere s'en fut, renonçant à tout espoir de félicité conjugale, et pour le restant de ses jours l'infortunée afficha au-dessus de sa porte une pancarte qui disait : « Aimée de personne, personne, personne. » Lalla se rendit à la messe le lendemain, après avoir fait bombance. Se voyant refuser la communion, elle déclara : « Dans ce cas, j'abandonne », et ne remit jamais les pieds dans une église.

Bon nombre de mes parents appartenant à cette génération semblent avoir tourmenté l'Église par leurs pratiques sexuelles. Des moines italiens qui s'enamourèrent de l'une ou l'autre tante revinrent se défroquer en Italie pour découvrir à leur retour que la dame avait convolé. Des jésuites délaissaient le giron de l'Église pour les bras des demoiselles de Saram au rythme de la chute sourde de mangues sur la pelouse brûlée de sécheresse. Vere devint par la suite l'objet de la sollicitude de divers groupes religieux qui tentèrent de l'arracher à la damnation. Il vécut les derniers mois de sa vie prisonnier d'une communauté de religieuses catholiques de Galle. Jusqu'à l'annonce de sa mort, personne n'avait su où il était.

Vere avait la réputation d'être un « brave ivrogne ». Lalla et lui buvaient toujours ensemble. Alors que Lalla devenait joyeuse et bruyante Vere, lui, faisait montre d'une courtoisie alanguie. Toutefois, la boisson représentait pour lui un danger, car il finissait par croire que sous l'influence de l'alcool, il échappait aux lois de la pesanteur, s'acharnant à vouloir accrocher son chapeau à des murs sans patère ou sautant d'un bateau pour s'en retourner chez lui à pied. Mis à part ces quelques excès, boire le calmait. Pour son ami Cox Sproule, le problème était différent. Cox était un homme charmant lorsqu'il était sobre, brillant lorsqu'il était ivre. S'il faisait son entrée au tribunal en trébuchant contre les chaises, il gardait l'esprit clair comme un grelot et gagnait des procès présidés par un juge qui, le matin même, l'avait supplié de ne pas se présenter dans cet état. Il détestait les Anglais. A la différence de Cox, Vere n'avait pas de profession qui lui permît de canaliser ses talents. Il essaya de devenir commissaire-priseur, mais conjuguant ivresse et timidité, il échoua. Le seul travail qui s'offrit à lui fut de surveiller des prisonniers italiens pendant la guerre. Une fois par semaine, il se rendait à Colombo à moto, emportant autant de bouteilles qu'il le pouvait pour son frère et sa sœur. Il avait encouragé les détenus à créer une brasserie, de sorte que chaque baraque était transformée en distillerie. Il passa presque toutes ses années de guerre aussi soûl que ses prisonniers. Même Cox Sproule alla le rejoindre pendant six mois lorsqu'il fut incarcéré pour avoir aidé trois espions allemands à quitter le pays.

Quant à Evan, l'autre frère de Lalla, nul ne sait ce qu'il en advint. Mais durant toute sa vie, dès que les enfants lui envoyaient de l'argent, Lalla l'acheminait sur-le-champ à Evan. Ce dernier était, racontait-on, un larron. «Jésus a donné sa vie pour les pécheurs, disait-elle, moi, je donnerai la mienne pour Evan.» Il réussit à échapper à la mémoire de la famille, n'apparaissant qu'ici ou là pour soutenir le copain se présentant aux élections, traînant aux urnes le bataillon formé par ses nombreux bâtards.

***

Au milieu des années 30, les laiteries de Renée et de Lalla avaient été ravagées par la peste bovine. Toutes deux levaient le coude joyeusement ; toutes deux étaient fauchées.

Nous en arrivons maintenant à la période où Lalla a laissé le plus de souvenirs. Ses enfants étaient mariés et ne l'encombraient plus. Jusque-là sa vie mondaine avait surtout gravité autour de Palm Lodge et voilà que soudain, il lui fallait vendre la maison. Elle s'en prit à tout le pays, se défoula sur ses amis, tel un monarque déchu de son trône. Elle était libre d'aller où bon lui semblait et de n'en faire qu'à sa tête, profitant pleinement de chacun, disposant de points de chute à travers le pays. Les manigances auxquelles elle avait recours pour ourdir soirées et bridges s'amplifiaient. Ivre ou non, elle était pleine de « passions ». Au cours des dix dernières années de sa vie, elle qui avait toujours aimé les fleurs ne voulut plus s'ennuyer à les faire pousser. A chaque fois qu'elle venait en visite, elle apportait cependant sa brassée de corolles et annonçait : « Chérie, je viens d'aller à l'église et j'y ai volé quelques petites fleurs pour toi. Celles-ci viennent de chez Mrs Abeysekare, les lys de chez Mrs Ratnayake, l'agapanthus de chez Violet Meedeniya, le reste de *ton* jardin. » Elle volait des fleurs par automatisme, sous le nez même du propriétaire. Tout en parlant, sa main gauche s'égarait et arrachait une rose de concours avec ses racines, à seule fin de pouvoir l'apprécier un instant, d'avoir la joie de la contempler sans partage, d'en savourer les beautés ; puis elle s'en désintéressait et la tendait à son propriétaire. Elle ravagea ainsi les plus beaux jardins de Colombo et de Nuwara Eliya, et des années durant se vit refuser l'entrée des jardins publics de Hakgalle.

Tout lui semblait propre à être pris ou donné. Du temps

de sa splendeur, elle organisait des fêtes pour les enfants pauvres du voisinage et leur distribuait des cadeaux. Sans le sou, elle continua. Elle faisait un tour au marché Pettah le matin de la fête et y volait des jouets. Toute sa vie elle avait donné ce qu'elle possédait à quiconque en avait envie, elle se sentait maintenant le droit de prendre à son tour ce dont elle avait envie. C'était une socialiste lyrique. Sans foyer à la fin de sa vie, elle débarquait toute guillerette chez l'un ou l'autre pour y passer quelques jours ou quelques semaines, trichait au bridge avec ses meilleurs amis, les traitant de «sacrés voleurs», de «foutus escrocs». Elle ne jouait aux cartes que pour l'argent et, confrontée à un jeu difficile, elle abattait sa main et déclarait : «Le reste est à moi.» Tous savaient qu'elle racontait des histoires mais c'était sans importance. Un jour, Lalla vint regarder une partie de «menteur» entre mon frère et mes deux sœurs, encore tout jeunes. Elle arpentait le porche, hors d'elle. Au bout de dix minutes, n'en pouvant plus, elle ouvrit son sac, distribua dix roupies à chacun et leur dit : «Ne jouez jamais, *jamais* aux cartes pour le plaisir.»

Elle était au mieux de sa forme. Pendant la guerre, elle ouvrit une pension de famille à Nuwara Eliya avec Muriel Potger, fumeuse invétérée qui faisait tout le travail tandis que Lalla, mouche du coche, voletait à travers les pièces en déclarant : «Bon Dieu, Muriel, impossible de respirer ici!» Si elle avait à sortir, elle annonçait : «Je pars deux minutes me refaire une beauté», et elle disparaissait dans sa chambre pour y siroter un verre bien tassé. S'il n'y avait rien à boire, une rapide gorgée d'eau de Cologne faisait l'affaire, lui donnant un coup de fouet. Sa vie durant, ses anciens flirts ne cessèrent de lui rendre visite. Elle refusait de perdre ses amis, même Shelton de Saram, son premier prétendant, apparaissait après le petit déjeuner pour l'escorter lors de sa promenade. Frieda, sa malheureuse épouse, se voyait condamnée à téléphoner à Lalla avant de passer des après-midi entiers à sillonner en cabriolet les allées du jardin public ou du parc dans l'espoir de les retrouver.

Le grand titre de gloire de Lalla était d'avoir été la première Cinghalaise à subir une mastectomie. Celle-ci se révéla inutile mais Lalla se vantait d'être toujours là pour soutenir la science, se précipitant au-devant de nouvelles causes. (Même dans la mort, sa générosité dépassa les limites du possible puisqu'elle légua son corps à six hôpitaux différents.) Le faux sein ne restait jamais bien longtemps en place car elle était du genre remuant. Il faisait des travaux d'approche pour rejoindre son jumeau du côté droit ou parfois pointait dans le dos — « pour danser », minaudait-elle. Elle l'appelait son Juif errant et, au milieu d'un dîner guindé, elle hurlait à ses petits-enfants d'aller chercher son nichon dont elle avait oublié de se parer. Elle perdait sans arrêt cette chose bizarre pour la joie des domestiques et du chien, aussi intrigué qu'eux. On retrouvait Chindit en train de mâchonner le caoutchouc mousse, comme du poulet bien tendre. Elle vint à bout de quatre seins dans sa vie. L'un resta accroché à une branche du jardin public, où elle l'avait mis à sécher après l'averse. Un autre prit le vent alors qu'elle circulait à califourchon sur la moto de Vere. Quant au troisième, elle restait fort évasive à son sujet, mystérieusement gênée, ce qui ne lui ressemblait pas. On le prétendit oublié à Trincomalee, après quelque rendezvous galant avec un certain monsieur, peut-être membre du Cabinet.

***

Les enfants n'en racontent guère plus que les animaux, prétendait Kipling. Le jour de la réunion de parents d'élèves, lorsque Lalla débarqua au collège de jeunes filles et alla se soulager dans les buissons, ou simplement quand on la retrouva à Nuwara Eliya, jambes écartées, en train de faire pipi, mes sœurs en furent si embarrassées et honteuses qu'il leur fallut une bonne quinzaine d'années avant qu'elles n'osent l'avouer ou en parler entre elles. Noël, son fils, était celui qu'elle horrifiait le plus. Lalla était immensément fière de la réussite de ce dernier. Ma tante Nedra se rappelle l'avoir vue assise sur un sac de riz au marché aux poissons. Partie dans l'une de ses grandes conversations quotidiennes avec les trimardeurs et les pêcheurs, elle pointait le doigt en direction d'une photo du *Daily News*, montrant un juge emperruqué et leur expliquant en cinghalais que c'était *son* fils. Mais Lalla ne se contentait pas d'être une mère. La maternité ne semblait être qu'un muscle dans sa nature de caméléon, qui avait bien d'autres choses à refléter. Et je ne suis pas trop sûr de ce que représentait pour elle sa relation à ma mère. Peut-être étaient-elles trop semblables pour seulement reconnaître qu'il y avait un problème. Toutes deux avaient un cœur d'or, incapable, même en pensée, de vengeance ou de mesquinerie, toutes deux hurlaient et haletaient de rire à la plus débile des plaisanteries, toutes deux transportaient leur théâtre sur leur dos. Lalla demeurait le centre du monde dans lequel

125

elle évoluait. Belle dans sa jeunesse, elle se montra plus que désinvolte après la mort de son mari et l'envol de ses enfants. Il y avait certain concept du droit divin dont elle estimait pouvoir se prévaloir pour elle-même autant que pour les autres, quitte à le mendier ou le voler. Fleur arrogante et ensorcelée.

***

Vers la fin de sa vie, elle était en quête de la grande mort. Elle eut beau regarder sous la feuillée, elle ne trouva jamais le serpent géant, le croche qui caressait sa cheville comme un souffle. Une génération entière grandit ou mourut autour d'elle. Des Premiers ministres tombèrent de cheval, une méduse se coula dans la gorge d'un célèbre nageur. Au cours des années 40, elle suivit le reste du pays dans sa marche vers l'indépendance et le XXe siècle. Sa liberté prit son envol. Son bras hélait encore des voitures inconnues dans l'espoir de se faire déposer au marché Pettah pour échanger les derniers commérages et parier sous le manteau. Elle portait sur elle tout ce qui lui était indispensable ; l'une de ses amies venues l'accueillir à la gare fut ahurie de recevoir un énorme poisson que Lalla avait apporté enveloppé dans son sac à main.

Elle pouvait être silencieuse comme un serpent ou une fleur. Elle aimait le tonnerre ; il lui parlait comme un roi. Comme si son feu et fade mari avait été transformé en arbitre cosmique, et s'était vu confier le porte-voix de la nature. Bruits de ciel et lumière violente lui dévoilaient des bribes de destinées, lui prêtant une science de l'instant qui lui permettrait de tout oser, puisque le tonnerre et le serpent de l'éclair l'avertiraient... Elle arrêtait la voiture et allait nager dans le Mahaveli, sans se soucier des courants, portant encore son chapeau. Elle sortait de la rivière, se séchait cinq minutes au soleil et remontait dans la voiture sous les regards médusés de ses compagnons, son gros sac à main une fois de plus sur ses genoux, bourré de quatre jeux de cartes et peut-être d'un poisson.

Au mois d'août 1947, elle fit un petit héritage. Elle appela son frère et ils s'en furent à Nuwara Eliya sur la motocyclette de ce dernier. Elle avait soixante-huit ans. Ce serait ses derniers jours. La pension de famille qu'elle avait dirigée pendant la guerre était vide, ils achetèrent boisson et vivres et s'y installèrent pour faire une partie d'*ajoutha*, un jeu de cartes qui prend au moins huit heures. Les Portugais l'avaient enseigné aux Cinghalais au XVᵉ siècle afin qu'ils se tiennent tranquilles et aient de quoi s'occuper tandis qu'ils envahissaient le pays. Lalla ouvrit les bouteilles de Rocklands Gin (la même marque qui devait conduire son gendre à la tombe) pendant que Vere préparait des plats italiens que ses prisonniers de guerre lui avaient appris. Autrefois, Lalla serait allée faire une promenade matinale dans le parc de Nuwara Eliya qu'à ces heures ne peuplaient que singes et nonnes. Elle aurait fait le tour du terrain de golf où des jardiniers arrosaient la pelouse avec de gigantesques tuyaux rappelant des pythons, sous le poids desquels ils titubaient. Maintenant, elle dormait jusqu'à midi et, en début de soirée, se rendait à Moon Plains sur le siège arrière de Vere, les bras étendus, comme un crucifix.

Moon Plains. Noyés parmi les fleurs bleues et or dont elle ne s'était jamais ennuyée à apprendre les noms, harrassés par le vent, drossés sur d'immenses étendues contre le flanc des collines, à mille cinq cents mètres d'altitude. Ils regardaient le soleil quitter ce monde et la lune faire sa soudaine apparition au milieu du ciel. Charmantes lunes de fortune, une corne, un calice, un ongle. Puis ils remontaient sur la moto, le frère de soixante ans et sa sœur de soixante-huit, à jamais sa meilleure amie.

Le 13 août 1947, comme ils rentraient, ils entendirent le grand tonnerre. Elle sut que quelqu'un allait mourir. La mort, toutefois, ne pouvait être lue ce jour-là. Elle épia, écouta, il ne semblait y avoir ni victime ni queue d'éclair derrière elle. Il se mit à tomber des hallebardes au dernier kilomètre, alors ils rentrèrent achever la soirée en caressant la bouteille. Le lendemain, la pluie persistant, Lalla refusa l'offre de Vere d'aller faire un tour à motocyclette. « Je ne peux tout de même pas me permettre de bousiller un corps aussi parfait, mon cher. Tu imagines les gendarmes cherchant mon sein pendant des heures ? Ils le croiraient perdu dans l'accident. » Ils firent donc une partie d'Ajoutha et burent. Impossible de dormir : maris, liaisons, les divers partis envisageables pour Vere, tout y passa. Ils parlèrent comme ils ne l'avaient jamais fait. Elle ne mentionna pas à son frère ce qu'elle avait lu dans le tonnerre : il gisait presque comateux sur les oiseaux bleus du canapé. Incapable de fermer l'œil, elle éprouva le besoin d'aller prendre l'air, de faire une promenade jusqu'à Moon Plains. Pas de motocyclette, pas de danger. Il était cinq heures du matin, le 15 août 1947. Elle affronta la nuit encore lourde d'une aurore indécise et s'engouffra dans les inondations.

Pendant deux jours et deux nuits ils n'avaient pas pris
conscience de l'ampleur du désastre. Cette année-là, les pluies
avaient dévasté tout le pays. Ratmalana, Bentota, Chilaw,
Anuradhapura étaient inondées. La tempête avait entraîné
le pont de Perediniya, haut de quatorze mètres. A Nuwara
Eliya, le refuge d'oiseaux terrestres de Galway et le terrain
de golf gisaient sous trois mètres d'eau. Serpents et poissons
du lac se coulaient à la nage par les fenêtres du Club de golf,
allaient au bar et faisaient le tour du court de badminton.
Une semaine plus tard, lorsque les eaux se furent retirées,
on retrouva des poissons pris dans le filet. Lalla risqua un
pas et fut happée par un bras diluvien. Son sac s'ouvrit. Deux
cent huit cartes voltigèrent devant elle comme un nid pro-
fané. Elle fut précipitée, ivre et satisfaite, au bas de la colline, heurta à plusieurs reprises la clôture du couvent du Bon
Pasteur puis fut soulevée et emportée vers Nuwara Eliya.

Ce fut son dernier voyage et il fut parfait. Le fleuve qui
déferlait désormais dans la rue la charria à travers le champ
de courses et le parc en direction du terminus des autobus.
Tandis que le jour montait doucement, elle s'éloigna dans
un tourbillon, «flottant» parmi les branches et les feuilles,
plus que jamais convaincue qu'elle s'en tirerait. L'aurore
s'accrochait à peine aux flamboyants lorsque Lalla les bous-
cula, rondin sombre. Elle avait perdu chaussures et faux sein...
Elle était libre comme un poisson, cela faisait des années
qu'elle n'avait pas voyagé aussi vite. Aussi vite que la moto
de Vere. Seulement, il y avait ce *grondement* autour d'elle.
Elle rattrapa des escouades de lézards qui nageaient et sautaient par-dessus l'eau, elle fut escortée par des gobe-mouches
épuisés qui avaient peine à surnager et crépitaient leur tack,

tack, tack, tack, par des podarges, des engoulevents forcés à rester éveillés, des coucous-éperviers montant leurs gammes exaspérantes, des aigles serpentaires, des pomatorhins. Ils chevauchaient les airs autour de Lalla, désireux de se percher sur elle, ne pouvant se poser car tout bougeait.

Ce qui bougeait, c'était l'engouffrement du flot. Dans le parc, Lalla flottait au-dessus du tortueux labyrinthe de sapins, celui-là même qui continuerait à effrayer ses petits-enfants. A elle, il livrait son secret, révélait son squelette. Les plates-bandes de fleurs symétriques commençaient à accueillir la lumière du jour. Lalla les regardait, émerveillée, glissant langoureuse comme cette longue écharpe brune qui se déroulait de son cou, effleurant les branches sans jamais s'y laisser retenir. Elle portait toujours de la soie — ainsi qu'elle nous le montrait à nous, ses petits-enfants, en faisant couler le foulard à travers l'anneau qu'elle avait ôté de son doigt —, et comme cette soie, elle se coulait engourdie, glissant, attentive à l'angle nouveau de ces arbres qu'elle aimait, le syzigium, l'araucaria, passant au-dessus des grilles du parc, désormais superflues, traversant Nuwara Eliya avec ses boutiques et échoppes où elle avait si souvent chicané sur le prix des goyaves, à présent à deux mètres sous l'eau, fenêtres éclatées par le poids et la ruée des eaux. Dérivant au ralenti, elle tentait de s'accrocher aux objets. Une bicyclette la heurta aux genoux. Un cadavre la croisa. Elle aperçut des chiens crevés. Du bétail. Sur les toits, elle vit des hommes se battre entre eux, piller, dénoncés par l'aurore furtive venue des montagnes. Elle ne suivait plus sa randonnée magique, bercée d'alcool, sereine et détendue.

Au bas de la grand-rue de Nuwara Eliya, il y a un fossé.

Lalla s'enfonça dans les eaux, dépassa les maisons de Cranleigh et de Ferncliff. Des maisons qu'elle connaissait bien, où elle avait joué aux cartes et s'était querellée. Les eaux se firent alors plus violentes, la submergèrent une fois, puis deux, la renvoyèrent à la surface, suffoquante. Elle se sentit à nouveau happée comme un hameçon, aspirée par le chaos. Devant elle le grand ciel bleu, comme une gerbe de blé neuf, comme un grand œil qui la scrutait, contre lequel elle s'écrasa. Elle était morte.

LE FILS PRODIGUE

Le port

Je suis arrivé par avion mais j'ai un faible pour le port. Le crépuscule. Les lumières qui s'allument sur les bateaux, hublots de lune, le sillage bleu d'un remorqueur, la route du port avec les approvisionneurs, les fabricants de savon, les blocs de glace sur des bicyclettes, les salons de coiffure qui disparaissent, anonymes, derrière les murs roses de terre battue de Reclamation Street.

Un souvenir fragile extirpé du passé — je me rends au port pour dire au revoir à une sœur, ou à ma mère, au crépuscule. Pendant des années j'ai raffolé de la chanson *Harbour Lights*, plus tard, adolescent, j'ai dansé gauchement avec des filles en fredonnant *Sea of Heartbreak*.

Un port, ça ne prétend à rien d'autre qu'à la vie toute simple. Aussi authentique qu'une cassette de Singapour. Les eaux infinies cohabitent avec des épaves de ce côté de la jetée. Paquebots de luxe et bateaux de pêche de Maldive lâchent leur vapeur et effacent une mer calme. A qui allais-je dire au revoir ? Lorsque je m'en vais en remorqueur avec mon beau-frère, un des pilotes du port, je chante : «Les lumières du port ne brillent pas pour moi...» C'est automatique. Pourtant, j'adore cet endroit, j'adore me glisser dans la nuit, anonyme parmi le trafic assoupi, tandis que mes nièces dansent sur le môle en attendant notre retour ; j'adore ces merveilleuses gorgées d'épais air nocturne qui fouillent mes pensées, et ne se purifie qu'à l'ombre de cet anonymat, les mots magiques. *Port. Navire perdu. Shipchandler. Estuaire.*

Carnet de mousson (II)

Les barreaux en travers des fenêtres ne servaient pas toujours à grand-chose. A la tombée de la nuit, lorsque les chauves-souris envahissaient la maison, les beautés aux cheveux longs se précipitaient dans les coins des pièces et se cachaient la tête dans leurs jupes. Et les chauves-souris de sillonner soudain la maison, escadrons noirs et fugitifs (jamais pendant plus de deux minutes), rebondissant dans les couloirs ou sur la table du dîner qui n'avait pas encore été débarrassée, et sous les vérandas où les parents, assis, essayaient de capter les scores de cricket sur la BBC à l'aide d'une radio ondes courtes.

C'est ainsi que la faune prenait d'assaut les maisons ou, au contraire, s'y glissait. Soit le serpent pénétrait par les canalisations de la salle de bains en quête de gouttes d'eau, soit, trouvant le porche ouvert, il entrait majestueux, rampait tout droit à travers la salle de séjour, la salle à manger, la cuisine et les quartiers des domestiques, et ressortait par-derrière, comme s'il prenait le raccourci le plus étudié pour gagner une autre rue. D'autres animaux emménageaient en permanence : les oiseaux construisaient leur nid au-dessus des ventilateurs, les poissons d'argent se coulaient dans les malles et les albums de photo, se rongeant un chemin à travers portraits et photos de mariage. Combien d'images de la vie familiale ont-ils dévoré entre leurs mandibules minuscules, combien en ont-ils englouti dans leur corps à peine plus épais que ces pages qu'ils consommaient?

Des animaux encore autour des pièces et des vérandas, leurs bruits à jamais gravés dans l'oreille. Durant notre séjour dans la jungle, à trois heures du matin, alors que nous dormions sur la véranda, la nuit prenait soudain vie avec les paons dérangés dans leur sommeil. Le moindre mouvement de l'un d'eux perché dans les arbres les réveillait tous et ils s'agitaient, rappelant par leur vacarme des branches pleines de chats, ils pleuraient, pleuraient fort dans la nuit.

Je gardai un soir le magnétoscope à côté de mon lit. Tiré une fois de plus de mon profond sommeil, j'appuyai par réflexe sur le bouton pour les enregistrer. Me voici, en ce février canadien, écrivant ces lignes dans la cuisine. Je passe cette partie de la cassette afin d'entendre les paons et les bruits de la nuit derrière eux, sons alors inaudibles parce que permanents, comme un souffle. Dans cette pièce silencieuse (avec son bourdonnement sourd de frigo et de néons), il y a ces grenouilles aussi bruyantes que le fleuve, ces grognements, le sifflement d'autres oiseaux exubérants ou ensommeillés, mais en cette nuit si modeste derrière les paons, l'esprit ne se fixait pas sur eux, ces jeunes frères de la nuit adorables et braillards n'étaient qu'obscurité.

Comment on me baignait

Un grand dîner. Sauterelles, curry de viande, œufs rulang, papadam, curry de pommes de terre. Chutney aux dattes d'Alice, seeni sambol, mallung, brinjal et eau glacée. Les plats sont sur une table et une bonne partie du repas consiste à se les faire passer. C'est mon menu préféré, je fais preuve d'un appétit lascif pour tout ce qui est sauterelles et œufs rulang. Comme dessert, il y a du lait de buffle caillé accompagné d'une sauce jagrée, un miel doux fait de noix de coco, rappelant le sirop d'érable avec un goût de fumé.

Dans ce cadre solennel, Gillian se met à raconter comment on me baignait à cinq ans. L'histoire lui a été rapportée dans le détail par Yasmine Gooneratne, jadis surveillante avec elle au collège de jeunes filles de Bishop. J'écoute attentivement tout en veillant à ce que l'on me serve une solide portion d'œufs rulang.

Ma première école fut une école de filles de Colombo qui acceptait pour une ou deux années les jeunes garçons de cinq ou six ans. L'infirmière, ou *ayah*, responsable de notre propreté, était une petite bonne femme musculeuse et vicieuse du nom de Maratina. Je me baladais avec ma bande de copains, crasseux du matin au soir, et on nous donnait un bain un jour sur deux. La salle de bains était une malheureuse pièce vide aux murs de pierre, avec des tuyaux d'écoulement dans le sol et un pauvre robinet. Maratina nous y emmenait en rang et nous ordonnait de nous mettre à poil. Elle ramassait nos vêtements, les lançait à l'extérieur de la pièce et verrouillait la porte, puis nous rassemblait tous les huit, terrifiés, dans un coin.

Elle remplissait un seau d'eau et le jetait sur nos corps recroquevillés et hurlants. Une autre cataracte suivait. Cette fois l'impact rappelait les lances d'incendie de la police. Elle s'avançait, agrippait un gosse par les cheveux, le tirait jusqu'au centre de la pièce, l'étrillait vigoureusement avec du savon phéniqué et le renvoyait à l'autre bout de la pièce. Elle saisissait le suivant et recommençait l'opération. Maîtresse de ces corps qui se tortillaient dans tous les sens, elle finissait par savonner chacun d'entre nous, puis s'en retournait à son seau qu'elle balançait sur notre nudité shampooinée. Larmoyants, la peau brûlante, titubant, les cheveux plaqués en arrière sous la force de la trombe, nous étincelions. Elle s'approchait avec une serviette de toilette, nous essuyait vite et vif et nous expédiait enfiler notre sarong et nous coucher.

Invités, enfants, tout le monde rit. Selon sa bonne habitude, Gillian exagère sans aucun doute le récit de Yasmine, mimant de ses longs bras comment on capture et frotte des gamins de cinq ans. Songeur, je me demande comment cela ne nous a pas traumatisés. C'est le genre d'épisode qui aurait dû faire surface pour le premier chapitre d'un roman péniblement autobiographique. Je pense aussi à Yasmine Gooneratne, professeur d'université en Australie, rencontrée l'an dernier à New Delhi, lors d'un congrès international d'écrivains. Nous avions surtout parlé de Gillian, autrefois étudiante avec elle. Pourquoi ne m'en a-t-elle rien dit, cette femme réservée, vêtue d'un sari, autrefois « surveillante du bain » à Bishop's College, et qui assista au nettoyage de ma chétive nudité de gamin de cinq ans?

Wilpattu

8 avril

Nous quittons Anurhadapura et nous dirigeons vers la jungle de Wilpattu, traversant la petite ville de Nochiyagama. « Tiens, voilà un nom pour un de tes enfants », dis-je à ma fille. *Nochi*. Parvenus à Wilpattu, on nous assigne un guide. Il passera quelques jours avec nous et nous accompagnera lors de notre randonnée en jeep à la découverte des animaux. Encore une heure de voyage avant d'arriver au cœur de la jungle. Un trajet au ralenti, quinze kilomètres à l'heure, sur de mauvaises routes d'argile rouge et de sable.

Dix-sept heures. Manikappolu Utu. Une bâtisse de bois sur pilotis au milieu de « laissées d'éléphant », en l'occurrence de la fiente de buffle. Nous déchargeons la jeep de nos provisions et commençons à changer nos vêtements trempés de sueur. Sur le porche languissent une lumière sourde et des transats de bambou. Une pluie délicate se met à tambouriner sur le toit de tôle. Elle vire soudain à l'orage, l'horizon blanchit. A gauche de la maison s'étend une grande mare, presque un lac, sur laquelle flottent des nénuphars déjà refermés, qui rebondissent sous les halètements de la pluie. Là-bas, dans leurs robes, les filles se laissent mouiller, tout habil-

142

lées, et comme ce sera notre seule possibilité de douche par
ici, nous décidons d'affronter l'averse. Et nous voici, tous les
neuf, les bras tendus accueillant la pluie du ciel.

Les lieux nous grisent un peu, cette belle maison, ces animaux qui maintenant se montrent, et cette pluie drue et froide
qui transforme en boue pourpre la terre recuite. Chacun est
dans sa solitude. Ne s'inquiétant guère des autres, savourant
un plaisir intime. Un engourdissement général. La tempête
faiblit puis reprend, plus féroce que jamais. Sur le seuil, le
cuisinier du bungalow et le guide nous regardent, abasour-
dis par cette étrange brochette d'individus — des Cinghalais,
des Canadiens et une Française bien calme, qui s'astiquent
avec un morceau de savon qui passe de main en main tel un
élixir mousseux. Nous voilà tout à coup enfloconnés, comme
en cotillon, intensifiant nos efforts pour recevoir l'averse,
courbant l'échine pour lui offrir notre dos et nos épaules.
Les uns s'ébattent sous la pluie tiède des arbres, les autres
s'asseyent sur un banc près de l'étang aux nénuphars et aux
crocodiles, comme si c'était un dimanche après-midi, d'autres
pataugent jusqu'aux chevilles près de la jeep, dans un tourbillon boueux. A l'autre bout de l'étang, une trentaine de
cerfs dans l'eau comme s'ils étaient au sec. Et sur la rive, des
cigognes dont le reflet s'effrange.

Puis un nouvel élan d'énergie. Un *val oora* — un gros sanglier sauvage, hideux, est apparu majestueusement entre les
arbres, précédé de ses dagues qui déforment jusqu'au bec de
lièvre sa face placide. Il nous observe, nous faisant prendre
conscience de ce dont nous avons l'air, à demi ensavonnés,
heureux et ridicules, robes lourdes de pluie, sarongs au-dessus
des genoux. Nous voici tous — les nénuphars, les arbres à

la crinière soûle de vent, ce splendide val oora, devenu l'œil de la tempête — célébrant l'élimination de la chaleur. Il avance cuisses tendues, raide, mais à une allure saccadée, veillant à garder une distance respectueuse.

Sanglier noir dans une averse blanche, inquiet de cette invasion, de cette métamorphose de savon, de cette Volkswagen cabossée, de cette jeep. Il peut choisir n'importe lequel d'entre nous. Si je dois mourir bientôt, autant que ce soit maintenant, sous les signaux morses baveux de ses boutoirs, tandis que je suis au frais, propre et en bonne compagnie.

**

11 avril

Dernier matin à Wilpattu. Tout le monde plie bagage et se querelle dans le jour précoce et timide. Où est la lampe de poche ? Ma chemise ? A qui est cette serviette de toilette ? La nuit dernière, devant le porche, un léopard a traqué l'un des cerfs qui avait établi ses quartiers près de la maison, en attendant l'occasion de se ruer sur lui. Notre dîner fut interrompu par les brames de l'animal ; nous nous précipitâmes avec nos torches électriques pour saisir l'œil rouge du léopard, les yeux verts du cerf puis l'œil rouge du crocodile, venu en curieux. Chacun dans l'espoir de jouir d'une tuerie.

Un jour, alors que personne ne séjournait dans ce bungalow, hormis le cuisinier, un léopard fit les cent pas sur le porche, là où nous avions déménagé les lits et passé les trois dernières nuits à nous raconter des histoires de fantômes, blottis dans la chaude sécurité de la jungle. Dans l'un des bungalows, les hôtes sont contraints de dormir portes fermées car un ours y vient la nuit en visite ; il gravit pesamment l'escalier comme s'il était épuisé puis s'endort sur le lit resté libre.

Ce dernier matin, j'abandonne les autres et descends chercher mon savon que j'ai laissé sur une rampe après l'un de nos bains de pluie. Il a plu chaque jour entre cinq heures et demie et six heures, des orages sans merci, parfaits. Plus trace du savon. Je m'informe auprès du cuisinier, de notre guide, même réponse. Le sanglier s'en est emparé. *Mon* sanglier. Cet animal d'un exotisme hideux avec son corps noir trapu et sa crête de poils dissymétrique qui lui court le long du dos. Cette créature s'en sera allée avec mon savon transparent de chez Pears. Et pourquoi pas mon florilège de poèmes de Rumi ? Ou mes traductions de Merwyn ? Ce savon avait de la classe, il me permettait de sentir bon lors de mes passages dans ces hôtels crasseux d'Afrique. Quand je pouvais trouver une douche. Le guide et le cuisinier ne cessent d'incriminer le sanglier. Il a l'art de faire disparaître les choses après en avoir pris une modeste bouchée, il lui est même arrivé de s'emparer d'un sac à main. Et comme le sanglier vient chaque jour renifler les ordures à la porte de service, je finis par croire qu'ils ont raison. Pourquoi ce sanglier voudrait-il du savon ? Je commence à imaginer l'animal rejoignant sa bande avec mon savon transparent. Je les vois qui se lavent, qui se récurent les aisselles sous la pluie, démente parodie de nos ablutions. Je les vois gueule ouverte, la langue à l'affût des gouttes d'eau, lavant leurs sabots, se tenant sagement sous la gouttière puis, fleurant le savon, se rendant à un banquet d'ordures à Manikaoppolu.

Nous quittons Wilpattu, agacé que je suis par cette infortune. La jeep suit la Volkswagen. Mes yeux à vif par une dernière vision de l'oora, mon savon embroché par ses dagues, la lippe mousseuse.

Kuttapitiya

La dernière propriété où nous ayons vécu étant enfants s'appelait Kuttapitiya. Elle était célèbre pour ses jardins. Des espaliers de fleurs, palette ocre, lavande et rose, s'épanouissaient et mouraient en l'espace d'un mois, laissant place à des couleurs encore plus extrêmes et hybrides. Mon père supervisait une plantation d'arbres à thé et à caoutchouc. A cinq heures, un tambour se mettait à la tâche, lent et régulier, réveil des journaliers. Il jouait pendant une demi-heure et doucement, mollement, nous nous levions dans le matin bleu pâle. Au petit déjeuner, nous regardions s'embraser le flamboyant et la santoline. Maison et jardin étaient perchés au-dessus de la brume qui matelassait la vallée, nous coupant du monde réel. C'est là qu'une fois mariés, ma mère et mon père avaient passé la plus grande partie de leur vie.

En bas, au-delà de la haie du jardin, nous pouvions voir la route de Pelmadulla s'enrouler et disparaître, serpent jaune brun léthargique, dans les franges de la frondaison. Au-dessous de nous, tout semblait vert. Là où nous nous tenions, les feuilles d'orchidée, à la pourpre discrète, voltigeaient au moindre souffle sur l'une de nos ombres. L'endroit idéal pour des enfants à qui on laissait la bride sur le cou. Mon frère emprunte une boîte de pakispetti, y fixant des roulettes et dévalant des pentes abruptes — un dangereux entraînement pour le bobsleigh. Nous nous faisons couper les cheveux sur la pelouse, devant la maison, par un coiffeur ambulant. Et les disputes quotidiennes au Monopoly, au cricket, les scènes de ménage qui s'enflamment et s'éteignent dans l'intimité de la montagne.

Il y avait aussi Lalla, attirée telle une abeille vers le parfum des fleurs, qui débarquait tous les quinze jours à seule fin de piller le jardin et s'en allait avec une voiture bourrée de tiges et de branches. N'ayant guère de place pour bouger ni s'étirer, elle rentrait à Colombo immobile comme un cadavre dans un corbillard encombré de fleurs.

Dans ses dernières années, mon père fut membre fondateur de la Société cinghalaise des cactus et plantes grasses auxquels sa nature retorse et défensive l'amena à s'intéresser lorsqu'il vivait à Kuttapitiya. Il aimait les jardins bien en ordre et détestait ces plates-bandes ravagées par les larcins de Lalla. Peu à peu la végétation de Kuttapitiya fut dardée d'épines. Il commença par des roses, Lalla mit des gants. Il passa alors aux cactus. Autour de nous, le paysage se mit à grisonner. Il favorisa les buissons d'épines, expérimenta des figuiers japonais bien noueux, revint à des légumes plus prosaïques ou à des pousses de plantes grasses. Son goût du plant se fit plus subtil, évolua à l'intérieur d'un spectre plus limité, et progressivement les visites de Lalla s'espacèrent. Le but premier des voyages de cette dernière était l'effet produit en débarquant chez des amis de Colombo avec des fleurs que la pluie douce avait fait éclore. La famille se retrouva seule une fois de plus. Nous avions tout. C'était et c'est encore le plus bel endroit du monde.

Nous revînmes de la côte sud couverts de poussière, migraineux, fatigués, rescapés d'une atroce route de pierre tout en tronçons, et nous fîmes halte au grand bungalow. Au bord de la pelouse qui vit mes premières coupes de cheveux, ma fille se tourna vers moi et déclara : « Ça serait formidable de vivre ici. » « Oui », répondis-je.

Voyages à l'intérieur de Ceylan

Étalés sur la carte, les contours de Ceylan ont forme de larme. Auprès de l'Inde et du Canada, elle est si petite. Une miniature. Vous faites une quinzaine de kilomètres et vous vous retrouvez dans un paysage si différent qu'il devrait appartenir à un autre pays. De Galle, au sud, à Colombo, au tiers de la côte nord, il n'y a qu'une centaine de kilomètres. Au temps où l'on construisait des maisons le long de la route côtière, on disait qu'un poulet pouvait se rendre d'une ville à l'autre sans poser patte à terre. Le pays est hachuré de routes en labyrinthe dont la seule issue est la mer. Depuis un bateau ou un avion vous pouvez contempler ce chaos. Les villages débordent sur les rues, la jungle empiète sur les villages.

La carte des routes et voies ferrées cinghalaises rappelle un petit jardin grouillant d'oiseaux rouges et noirs qui foncent dans tous les sens. Au milieu du XIXe siècle, un officier anglais de dix-sept ans se vit confier la construction d'une route entre Colombo et Kandy. Les cantonniers éventrèrent la montagne pour y tracer des sentiers ; à coups de pioche ils violèrent la jungle. Ils allèrent jusqu'à creuser un énorme

trou dans le roc au virage en épingle à cheveux du col de Kadu-
nangawa. Les travaux terminés, l'officier avait trente-six ans.
Ce genre d'idées fixes était extrêmement fréquent à l'époque.

Mon père semblait obsédé par les trains. Ils devinrent d'ailleurs sa perte. Au cours des années 20 ou 30, vous pouviez,
même en pleine cuite, vous débrouiller dans les transports
en commun ou sur des routes dont les cols, les trouées et
les précipices terrifieraient un homme sobre. Officier dans
l'infanterie légère cinghalaise, mon père se vit octroyer des
billets de train gratuits et devint célèbre sur le trajet Colombo-
Trincomalee.

Ses débuts furent relativement calmes. Il avait une vingtaine d'années quand il sortit son revolver d'ordonnance, ter-
rifia un camarade officier, John Kotelawala, le forçant à se
cacher sous son siège, puis, traversant les wagons bringue-
balants, menaça de tuer le conducteur s'il n'arrêtait pas le train.
Le convoi s'arrêta à une quinzaine de kilomètres de Colombo,
il était sept heures et demie du matin. Pensant que ce voyage
serait agréable, il voulait, expliqua-t-il, que son ami Arthur
van Langenberg, qui avait raté son train, pût aussi en profiter.

Les passagers descendirent et s'installèrent sur la voie, pour
attendre, tandis qu'un messager était dépêché à Colombo afin
de ramener Arthur. Celui-ci arriva deux heures plus tard. John
Kotelawala sortit de sous son siège, les passagers remontè-
rent dans le train, mon père rengaina son revolver, et le
convoi poursuivit sa route jusqu'à Trincomalee.

Je crois que mon père s'imaginait que les chemins de fer
lui appartenaient de naissance. Il les utilisait comme des vêtements à la disposition de tous. A Ceylan, les trains manquent
totalement d'intimité. Il n'y a pas de compartiments indivi-

duels et les passagers passent leur temps à se promener d'un wagon à l'autre, curieux de voir qui est à bord. On savait donc quand Mervyn Ondaatje montait dans le train avec ou sans son revolver d'ordonnance. (C'était plutôt lorsqu'il était en uniforme qu'il arrêtait les trains.) Si je trajet coïncidait avec ses jours de cuite, le train pouvait être retardé des heures. Les gares se télégraphiaient pour qu'un parent vienne le faire descendre du train. En principe, on faisait appel à mon oncle Noël. Comme il servait dans la marine pendant la guerre, une jeep de fonction mettait en rugissant le cap sur Anurhadapura afin d'aller chercher le major de l'infanterie légère cinghalaise.

Le jour où mon père se déshabilla et sauta du train qui s'engouffrait dans le tunnel de Kadugannawa, la marine refusa de suivre ; on envoya quérir ma mère. Il s'obstina dans l'obscurité de ce boyau d'un kilomètre de long, bloquant la circulation dans les deux sens. Ma mère, serrant contre elle une tenue civile (l'armée désavouait mon père), s'enfonça dans ces ténèbres, le trouva et lui parla durant plus d'une heure et demie. Un moment que seul Conrad aurait pu interpréter. Elle s'y était aventurée seule, les vêtements sur le bras, mais avait oublié les chaussures, ce dont il devait se plaindre par la suite. Elle s'était munie d'une lanterne qu'il brisa dès qu'elle arriva près de lui. Cela faisait six ans qu'ils étaient mariés.

Ils survécurent à cet épisode obscur. Ma mère, amoureuse de Tennyson et du jeune Yeats, commença à comprendre qu'elle avait affaire à une race différente. Elle s'aguerrirait, deviendrait vaillante face au monde qu'elle venait de découvrir, déterminée, lorsqu'ils divorceraient, à ne jamais lui réclamer d'argent, et à nous élever sur ce qu'elle gagnerait. Tous deux étaient issus de bonnes familles dans lesquelles la bienveillance était de rigueur, mais mon père s'engageait dans un sentier inconnu d'elle et de ses parents. Elle le suivit et le supporta pendant quatorze ans, endiguant les retombées, brise implacable et discrète. Le persuader à renoncer au suicide dans un tunnel long d'un kilomètre, nom de Dieu! Elle s'était avancée avec pour toute arme des frusques empruntées à un passager, une lumière et son amour pétri de cette belle poésie qui avait vécu jusqu'aux années 30, à la rencontre d'un mari nu, en pleine obscurité, dans la coulée longue et sombre de la brise du tunnel de Kadugannawa. Il se rua sur elle, attrapa la lanterne qu'il lança contre le mur et la reconnut enfin.

«C'est moi!»

Une pause. Puis: «Comment *oses*-tu me suivre?»

«Je t'ai suivi parce que personne d'autre ne t'aurait suivi.»

Si vous étudiez l'écriture de ma mère à partir des années 30, elle diffère beaucoup de celle de sa jeunesse. Elle a l'air sauvage, ivre, les lettres sont bien plus larges et ondoient sur les pages comme si elle se servait de son autre main. En lisant ses lettres, nous avons pensé que les aérogrammes bleus avaient été écrits en dix petites secondes. Ma sœur la vit à l'œuvre et la tâche semblait des plus laborieuses, sa langue se tordant dans sa bouche. Comme si ces grimoires lui coûtaient de grands efforts, comme si aux environs de la trentaine elle avait été foudroyée, toute écriture oubliée, tout usage des schémas habituels perdu, soudain aux prises avec un alphabet obscur et inconnu.

***

Les refuges sont une vieille tradition cinghalaise. Les routes sont si dangereuses qu'il y en a tous les vingt kilomètres. On peut s'y étendre, boire un verre, déjeuner ou prendre une chambre pour la nuit. Entre Colombo et Kandy, le voyageur fait halte au refuge de Kegalle. Entre Colombo et Hatton, il s'arrête à Kitulgala, le refuge préféré de mon père.

C'était au cours de ses voyages par la route que mon père fit la guerre à un dénommé Sammy Dias Bandaranaike, proche parent de celui qui finit par être Premier ministre de Ceylan et fut assassiné par un moine bouddhiste.

Il importe de comprendre la tradition du livre d'hôtes. Après une halte dans l'un de ces refuges, qu'elle soit de longue ou de courte durée, vous êtes censé écrire vos commentaires. Le différend Bandaranaike-Ondaatje naquit dans l'arène de ces livres d'hôtes et s'y cantonna. Ainsi, le dénommé Sammy Dias Bandaranaike et mon père descendirent en même temps au refuge de Kitulgala. Sammy Dias, si j'en crois mes sources, avait l'art de chercher la petite bête. Quand la plupart des hôtes écrivaient deux ou trois lignes bien senties, on aurait cru qu'il avait passé son temps à vérifier chaque robinet, chaque douche pour voir ce qui n'allait pas, trouvant ample matière à doléances. Ce jour-là, Sammy partit le premier, après avoir écrit une demi-page sur le livre d'hôtes du refuge de Kitulgala. Tout y passait, du service aux boissons qu'on ne savait pas préparer, sans oublier le riz mal cuit et les lits inconfortables. Cela tenait presque du poème épique. Mon père partit deux heures plus tard et écrivit deux phrases : « Aucune réclamation. Pas même au sujet de Monsieur Bandaranaike. » Comme les gens lisaient ces commentaires, aussi publics qu'une annonce dans un journal, tous, y compris Sammy, en eurent bientôt vent. Et tous, hormis Sammy, en furent amusés.

Quelques mois plus tard, ils se retrouvèrent par hasard au refuge d'Avisawella pour le déjeuner. Ils n'y restèrent qu'une heure, s'ignorant. Sammy partit le premier, après une attaque d'une demi-page sur mon père et des compliments sur la nourriture. Mon père écrivit une page et demie de prose vindicative sur la famille Bandaranaike, avec allusions à la folie et à l'inceste. Lors de leur rencontre suivante, Sammy Dias laissa mon père écrire en premier et, une fois que celui-ci reprit la route, il coucha sur papier tous les commérages qu'il connaissait sur les Ondaatje.

Cette guerre littéraire offensait tant de codes que, pour la première fois dans l'histoire de Ceylan, on dut arracher des pages à un livre d'hôtes. Il arriva même que l'un écrivit quelques lignes sur l'autre alors que ce dernier n'était aucunement dans les parages. Et les pages continuaient à être arrachées, détruisant de précieuses archives de deux familles bien connues à Ceylan. La guerre s'épuisa lorsque Sammy Dias et mon père se virent interdire de consigner leurs impressions après un séjour ou un simple repas. Le commentaire classique que l'on peut lire sur les livres d'hôtes au sujet de « critiques constructives » remonte à cette époque.

***

Le dernier voyage en train de mon père (il se vit interdire l'accès des chemins de fer cinghalais après 1943) fut aussi le plus dramatique. Cela se passa l'année de ma naissance, alors que, major dans l'infanterie légère cinghalaise, il était en garnison à Trincomalee, loin de ma mère. On craignait une attaque japonaise, aussi l'idée d'une invasion commença-t-elle à l'obséder. Chargé des transports, il réveillait des bataillons entiers qu'il expédiait vers différents points de la rade ou de la côte, persuadé que l'attaque ne serait pas aérienne mais maritime. L'armée dépêchait des jeeps à trois heures du matin et Marble Beach, Coral Beach, Nilaveli, Elephant Point, Frenchman's Pass se mirent à scintiller comme des lucioles. Il se mit à boire copieusement, atteignit un tel stade d'alcoolémie qu'il dut être hospitalisé. Les autorités décidèrent de le renvoyer dans un hôpital militaire de Colombo sous la surveillance de John Kotelawala, une fois de plus l'infortuné compagnon de route. (*Sir* John Kotelawala, puisqu'il finit par devenir Premier ministre.) Mon père se débrouilla pour camoufler des bouteilles de gin dans le train et avant même de quitter Trinco, il était dans un bel état. Le train traversait tunnels et brousse, drossé dans les virages difficiles, et mon père, dans sa furie, imitait sa vitesse, ses frissons, son tintamarre. Il faisait irruption dans les wagons, balançant par les fenêtres les bouteilles à peine vides, s'emparant du fusil de John Kotelawala.

Le suspense se faisait encore plus intense à l'extérieur du train car ses proches essayaient d'intercepter le convoi avant qu'il n'atteignît Colombo. Pour l'une ou l'autre raison, il était en effet crucial qu'il fût emmené à l'hôpital par un membre de sa famille plutôt que sous escorte militaire. Sa sœur, ma tante Stephy, se rendit donc à la gare d'Anurdahapura, sans trop savoir dans quel état il serait mais se prévalant de sa qualité de sœur préférée. Hélas! elle arriva à la gare en robe de soie blanche, chapeau blanc à plumes, nantie de grands gants blancs, sans doute pour faire de l'effet sur John Kotelawala qui était chargé de son frère et avait un faible pour elle. Ainsi accoutrée, la dame attira une telle foule et causa une telle effervescence qu'elle ne put s'approcher de la voiture lorsque le train fit son entrée. John Kotelawala regarda non sans surprise cette délicate et prude beauté en blanc sur le quai ruisselant d'urine alors que lui se coltinait le frère qui avait commencé à se déshabiller.

«Mervyn!»

«Stephy!»

avaient-ils hurlé en se croisant, alors que le train quittait la gare, que Stephy restait aux prises avec la foule et qu'une bouteille vide atterrissait au bout du quai — c'était comme une réplique finale.

John Kotelawala fut assommé par mon père avant d'atteindre Galgamuwa. Il ne porta jamais plainte. Bref, mon père s'empara du train qu'il balada sur quinze kilomètres en amont et quinze en aval, bloquant dans le sud tous les autres trains, y compris des convois militaires. Il se débrouilla pour soûler le conducteur. Il liquidait une bouteille de gin à l'heure tout en se promenant dans les voitures presque nu, mais en veillant cette fois à garder ses chaussures. Il atteignit ainsi le stade d'ébriété qui le faisait débiter de savoureux limericks, provoquant le rire des passagers.

Il fallut alors faire face à un autre problème. Un wagon avait été mis à la disposition d'officiers supérieurs britanniques. Ceux-ci étaient allés se coucher de bonne heure et, même si le train pouvait être le terrain de petits soulèvements entre les forces militaires locales, tous estimaient que l'anarchie devait être dissimulée à l'étranger qui dormait. Les Anglais se plaignaient déjà assez des trains cinghalais. S'ils découvraient que des officiers de l'infanterie légère de Ceylan devenaient fous furieux et perturbaient l'horaire, ils pourraient fort bien quitter le pays en signe de mécontentement. Voilà pourquoi tout passager désireux de se rendre à l'autre bout du train devait ramper sans bruit sur le toit de la «voiture anglaise» silhouetté au clair de lune jusqu'au compartiment suivant. Dès qu'il éprouvait le besoin de parler au conducteur, mon père se livrait à une escalade nocturne et se promenait sur le train, serrant sa bouteille et son revolver, chuchotant des salutations aux passagers qu'il croisait. Ses compagnons d'armes qui s'efforçaient de le maîtriser n'auraient jamais osé réveiller Messieurs les Anglais. Ils dormaient en toute sérénité, avec ce goût furieux pour l'ordre qui était le leur, tandis que le train continuait ses marches avant et ses marches arrière dans la nuit, enfermés dans une parenthèse de confusion et d'hilarité.

Pendant ce temps, mon oncle Noël, craignant que l'on ne

portât plainte contre mon père, attendait le train à neuf kilomètres de Colombo, tout près de l'endroit où mon père avait jadis arrêté un convoi pour attendre son ami Arthur van Langenberg. On le connaissait donc bien là-bas. Mais le train continuait à faire ses manœuvres, sans jamais atteindre Kelaniya, car mon père était maintenant convaincu que les Japonais avaient placé des bombes à l'intérieur et qu'elles exploseraient dès qu'ils atteindraient Colombo. Aussi tous ceux qui n'avaient rien à voir avec l'armée furent-ils débarqués à Polgahawela tandis qu'il passait et repassait dans les wagons, brisant les lampes qui pourraient échauffer les bombes, sauvant ainsi le train et Colombo. Pendant les six heures perdues par mon oncle Noël à attendre à Kelaniya, le train apparaissant et disparaissant tour à tour, mon père et deux de ses officiers avaient fouillé les bagages. A lui seul, il avait trouvé vingt-cinq bombes et lorsqu'il les ramassa, les autres se turent sans commentaire. Sur le train Trincomalee-Colombo, il ne restait que quinze passagers, plus les Anglais qui continuaient de dormir. La nuit et le gin tirant à leur fin, ils touchèrent enfin Kelaniya. Depuis le matin, mon père et le conducteur avaient sifflé presque sept bouteilles de gin.

Mon oncle Noël enfourna un John Kotelawala mal en point à l'arrière de la jeep de la marine qu'il avait empruntée. Mon père déclara qu'il ne pouvait pas laisser les bombes sur le train, il fallait les mettre dans la jeep et les jeter dans le fleuve. Après de nombreux aller et retour jusqu'au train, il ramena les pots de fromage blanc abandonnés par les passagers. On les chargea avec précaution dans la jeep le long du corps du futur Premier ministre. Avant de se rendre à l'hôpital, mon oncle s'arrêta sur le pont Kelani-Colombo où mon père jeta dans le fleuve les vingt-cinq pots de fromage blanc, tout en prédisant d'énormes explosions lorsque les bombes s'écraseraient dans l'eau.

Sir John

Gillian et moi prenons la route de Galle en direction du sud. A peine avons-nous dépassé l'aéroport de Ratmalana que nous nous dirigeons vers les terres jusqu'à la propriété de sir John Kotelawala. La jeep poussiéreuse, suintant l'huile *Trois-en-un*, emprunte la longue et majestueuse allée de terre rouge puis débouche sur une verdure inattendue. Un petit homme en chemise blanche et short, aux jambes osseuses, est assis sur le porche — il nous attend. Il se lève lentement, tandis que nous nous garons. Nous avons été invités à prendre le petit déjeuner avec sir John, il est huit heures et demie du matin.

Je lui ai parlé au téléphone mais il semble avoir oublié pourquoi nous sommes ici, bien qu'il nous attende pour le petit déjeuner. Gillian et moi déclinons une nouvelle fois nos identités. Les enfants de Mervyn Ondaatje. Vous l'avez connu dans l'infanterie légère cinghalaise?

«Ahh!»

Sa face de diplomate prend une mine franchement choquée. «Celui-là! s'exclame-t-il. Le gars qui nous a causé tant d'ennuis!» et il se met à rire. Les derniers que ce milliardaire

161

et ex-Premier ministre s'attendait à voir étaient sans doute les enfants de Mervyn Ondaatje, l'officier qui avait fait une crise de *delirium tremens* à Trincomalee et qui, en 1943, avait effectué un voyage en train à Colombo dont on parlait encore. Cela doit être la première fois que quelqu'un est venu moins pour le voir, lui, sir John Kotelawala, que parce qu'il avait connu, pendant quelques mois mouvementés de la période de guerre, un officier constamment ivre qui appartenait à l'infanterie légère cinghalaise.

Une dizaine de minutes s'écoule, il n'est toujours pas revenu du motif bizarre qui lui vaut notre visite. Un domestique lui apporte un panier contenant des fruits, du pain et des brioches. «Venez», dit sir John, et il commence à se promener dans le jardin avec ces provisions au bras. J'en conclus que nous prendrons notre petit déjeuner sous les arbres. Ayant l'habitude de le prendre à sept heures du matin, Gillian et moi mourons de faim. Sir John se dirige sans hâte vers des aquariums de l'autre côté de la piscine et de l'allée. «Mes poissons d'Australie», dit-il, et il se met à les nourrir avec le contenu du panier. Je lève la tête, sur le toit un paon étale sa queue.

«Il en a causé des emmerdements, celui-là.» Comment? «Vous savez qu'il a sauté du train à pleine vitesse... Par chance, nous longions une rizière et il est tombé dedans. Quand le train s'est arrêté, il est simplement remonté, tout crotté.» C'est un rêve victorien. Nous sommes sur la pelouse, ma sœur Gillian, cet homme frêle et puissant et moi-même, entourés de quatre ou cinq paons qui font disparaître mes brioches, allongeant un col tremblotant en direction du panier de notre hôte. Et, entre les paons, comme s'ils les imitaient, les tour-

162

niquets d'arrosage lancent des panaches blancs, tenant compagnie aux oiseaux. Il est temps de donner à manger aux sambars et aux oiseaux de la jungle.

Trois fois en une demi-heure nous le ramenons discrètement à notre histoire, sa mémoire finit par s'éveiller aux années 40 et ses souvenirs deviennent de plus en plus nombreux. Tout au long du récit, pas une seule fois il n'appelle mon père par son nom de baptême ou de famille, lui préférant «ce gars» ou «ce type». Maintenant, il prend plaisir à raconter. De cette histoire, j'ai entendu trois ou quatre versions différentes, aussi puis-je lui rappeler certains détails savoureux — les pots de fromage blanc, etc.

«J'étais son supérieur, voyez-vous. Cela faisait des mois qu'il buvait. Et voilà qu'une nuit, à deux heures du matin, il arrive à la base en jeep et annonce que les Japonais ont envahi le pays. Il en a trouvé un. A vrai dire, je n'y croyais pas, mais je suis monté dans la jeep pour repartir avec lui. J'aperçois un homme, les pieds dans l'eau, planté comme une statue à cinq mètres du bord. Ce type me dit : "C'est lui." Il l'avait repéré deux heures plus tôt en train de gagner la plage, l'avait arrêté, avait tiré un coup de pistolet dans l'eau, entre les jambes de l'homme, et lui avait dit : reste là, reste bien là, *surtout ne bouge pas* jusqu'à ce que je revienne. Là-dessus, il avait sauté dans la jeep pour aller nous chercher à la base. J'ai braqué les phares de la jeep sur l'homme et nous avons tout de suite vu qu'il s'agissait d'un Tamoul. C'est alors que j'ai compris.

«Le lendemain matin, je l'ai emmené avec moi en train à Colombo. Il s'est montré infernal pendant le trajet.»

Le sambar a mangé les bananes, du coup nous rentrons. Nous retrouvons pour le vrai petit déjeuner le médecin de sir John et l'épouse de ce dernier, et nous nous asseyons dans une salle à manger ouverte sur le jardin.

Les petits déjeuners de sir John sont légendaires, il y a toujours des sauterelles, du curry de poisson, des mangues et du fromage blanc. Une brise souffle, magique, sous la table. Quel luxe ! J'offre mes pieds à sa source tout en décortiquant ma première sauterelle. Ma sandale est arrachée et s'en va voltiger par-dessous la table, heureusement elle évite sir John. Mon pied me picote. Profitant de ce que tous sont en train de manger, je me penche en arrière, jette un coup d'œil sur le sol où un petit ventilateur rotatif à quelques centimètres de mes orteils s'apprête à les déchiqueter. Dire que j'aurais pu perdre un doigt de pied lors d'un de ces petits déjeuners à la mémoire de mon père !

Sir John passe à quelqu'un d'autre, se délectant d'un scandale qui met en cause « l'un des meilleurs menteurs que nous possédions ». Les fenêtres qui descendent à une dizaine de centimètres du sol n'ont pas de vitres. Une corneille entre pour faire, semble-t-il, une déclaration, puis elle s'éloigne. A son tour, un paon escalade le rebord de la fenêtre et se pose sur le parquet brun clair. Ses pattes cliquettent doucement. Personne ne paraît avoir vu cette merveille. Sir John attrape une sauterelle, rompt la croûte fragile du pain, en sort un cœur délicieusement moelleux qu'il exhibe, et le paon qu'il n'a pas daigné regarder mais qu'il entend, dont il ne fait peut-être que deviner la présence, ose un dernier pas vers lui, incline le col, accepte la sauterelle et s'éloigne en l'engloutissant vers une partie moins agitée de la salle à manger.

Tandis que nous déjeunons, une troupe d'amateurs venue de Colombo et qui a mis en scène *Camelot* reçoit l'autorisation de se faire photographier dans la propriété. Les acteurs, des indigènes en costumes de velours épais, chapeaux pointus et cottes de mailles par cette impitoyable chaleur de mai, rendent ce cadre de rêve plus surréel encore. Un groupe de chevaliers noirs mime des chansons à boire parmi les paons et les fontaines. Guenièvre embrasse Arthur près du vivier des poissons australiens.

Les photographes, l'idée même de *Camelot*, rappellent à sir John ses tribulations politiques[1]. Ne prétend-il pas que si quelque chose lui a coûté des voix, c'est la taille et la classe de sa demeure et de ses soirées — dont les photos fleurissaient dans la presse. Il nous raconte l'histoire de l'un des clichés les plus osés jamais publiés, un scandale manigancé par l'opposition. Un jeune ménage à qui on aurait donné le bon Dieu sans confession lui avait rendu visite flanqué d'un ami porteur d'un appareil photographique. Ils lui demandèrent la permission de prendre quelques clichés. Il les y autorisa. Le photographe mitraillait le couple quand soudain, l'homme tomba à genoux, retroussa le sari de la femme et commença à lui mâchonner le haut de la cuisse. Sir John, qui jusque-là avait suivi la scène d'un œil désinvolte, se précipita et s'enquit de ce qui se passait. L'homme à genoux sortit la tête du sari, et grimaça, « morsure de serpent, monsieur », avant de retourner à la cuisse de la dame.

Une semaine plus tard, les journaux publièrent trois photos de cet acte sexuel pris sur le vif, montrant sir John en train de bavarder le plus naturellement du monde avec la dame dont le visage reflétait le paroxysme de l'extase.

---

1. Allusion à l'entourage du président J.-F. Kennedy, souvent comparé à la cour de Camelot (*N.d.T.*).

Photographie

Ma tante sort l'album et voilà qu'apparaît la photo que j'ai attendue toute ma vie. Mon père et ma mère ensemble. Mai 1932.

Ils sont en voyage de noces. Discrètement vêtus, ils se sont rendus chez un photographe. Ce dernier a l'habitude des photos de mariage. Il a vu toutes les poses possibles et imaginables. Mon père s'assied face à l'appareil, ma mère se tient à côté de lui, penchée, de sorte que son visage, vu de profil, est au niveau du sien. Ils se mettent à faire d'horribles grimaces.

Les pupilles de mon père plongent dans le coin gauche de ses orbites. Il a laissé tomber sa mâchoire et l'a rattrapée dans une moue de débile en état de choc. (Le tout accentué par son costume sombre et ses cheveux bien peignés.) Ma mère de blanc vêtue a déformé ses beaux traits. Elle a fait ressortir sa mâchoire et sa lèvre supérieure, donnant à son profil la pose d'un singe. Le cliché devient carte postale. On l'envoie aux amis. Au dos, mon père a écrit : «Ce que nous pensons de la vie conjugale.»

Tout y est, bien sûr. La beauté derrière leurs visages torturés, leur humour complice, et le fait qu'ils sont tous deux des cabotins hors pair. Juste ce qu'il me fallait pour constater qu'ils étaient faits l'un pour l'autre. Le teint hâlé de mon père, la pâleur laiteuse de ma mère et cette mise en scène de leur cru.

C'est la seule photo que j'aie pu trouver où on les voit ensemble.

CE QUE NOUS PENSONS
DE LA VIE CONJUGALE

Au pays du thé

«Précisons une chose au sujet de maman : c'était un être qui avait un besoin terrible de la présence des autres. Et le voilà qui arrive à Colombo, l'enlève et la ramène à la plantation de thé. Soit. Ils étaient amoureux. Heureux. Ils ont eu des gosses. Mais un beau jour, elle finit par s'ennuyer.»

Le pays du thé. Verte contrée somnolente qui la retenait captive. En ce début de mai, quarante ans plus tard, à l'aube de la mousson, je suis venu rendre visite à ma demi-sœur Susan et à son mari, Sunil. Le damier d'émeraude du paysage et le mode de vie n'ont guère changé.

Cinq heures pour parcourir les cent cinquante kilomètres qui nous séparent de Colombo. Le changement de vitesse s'est montré récalcitrant, le klaxon a commencé à faiblir et le moteur s'est entêté à chauffer, nous forçant à nous arrêter tous les trente kilomètres pour le laisser refroidir et remplir le radiateur. Nous nous sommes retrouvés sur une route qui grimpait de mille cinq cents mètres en quarante-cinq kilomètres. La transmission a fini par se bloquer en seconde. Nous avons donc fait les derniers kilomètres en priant le ciel de ne pas avoir à nous arrêter lorsque nous croisions les cars qui allaient en sens inverse et les nombreux défilés du premier mai sur ces routes de montagne. La voiture a calé. Nous avons dû parcourir les derniers quinze cents mètres sous des nuages d'orage qui ravivaient les ténèbres des arbres à thé, nous frayant un chemin entre les rangées de cueilleurs. Sunil portait son whisky de Colombo, Susan et moi des provisions.

Avec une chemise trempée sur le dos et affligé d'un mal de tête, il fait bon marcher. Vingt degrés de moins qu'à Colombo. Une lumière venue d'on ne sait où semble éclairer le paysage par en dessous, comme si les fleurs jaunes du jardin suintaient dans l'air moite. L'humidité accable la maison. Accompagnés d'un domestique, nous déambulons tous trois dans ce bungalow démesuré dont les meubles ont été envoyés chez le tapissier, à l'exception de quelques fauteuils de jonc. Le bruit le plus distinct provient de la respiration haletante de deux chiens.

Une heure plus tard, dans le hall d'entrée en compagnie de Susan, j'entends un coup de pistolet. Un incendie bleu. La foudre a frappé la maison, la boîte à fusibles, là, sur le mur, juste au-dessus de ma tête. Je suis tellement secoué que j'agis au ralenti pour le reste de l'après-midi. La foudre n'avait jamais touché cette maison, même si, perchée au sommet d'une plantation de thé, elle paraissait être la cible idéale. Le coup de tonnerre marque la fin du calme. La tourmente force les fenêtres, s'engouffre dans les couloirs. Au cours de cette longue soirée nous jouons au scrabble, en nous criant nos points, ayant peine à nous faire entendre sur cet arrière-fond de pluie.

***

Nous nous éveillons à la musique du silence. Les longues matinées tranquilles. Susan va et vient, des vestibules aux cuisines. Elle organise les repas, réorganise la maison après le chaos de la première tempête de la mousson (boîte à fusibles calcinée, fils du téléphone et grillages arrachés, jardins dévastés).

Les portes de la salle à manger donnent sur la pelouse détrempée et les buissons de francisco dont les fleurs, copeaux de papier bleu et blanc, embaument la pièce. Dès que les chiens aboient, huit ou dix perruches s'échappent du goyavier et disparaissent derrière la falaise. De l'autre côté de la vallée bondit une cascade. D'ici un ou deux mois, les grosses pluies s'installeront et la cascade redevenue aussi farouche qu'un glacier emportera la route. Elle si délicate aujourd'hui, vol d'un papillon blanc sur une photo surexposée.

Je peux m'éloigner de cette table, faire quelques pas dans le jardin et me retrouver au cœur d'une palette de verts. Le vert royal est celui de l'arbre à thé, royal aussi par son alignement symétrique, bien étudié. Pareille précision deviendrait jungle au bout de cinq ans si l'on n'y touchait pas. Au loin les cueilleurs de thé se déplacent, dans un autre silence, comme une armée. Les routes se coulent, s'enroulent, jaune vif sous le ciel gris. Le soleil, invisible, se débat Dieu sait où. C'est bien la couleur du paysage, c'est bien ce silence qui ont entouré le mariage de mes parents.

« Ce que nous pensons
de la vie conjugale »

Elle est douce, très douce, Susan, ma demi-sœur. Presque effacée. Assis à côté d'elle et de Sunil, j'ai peine à croire qu'ils sont plus jeunes que moi. Son calme et sa sérénité contrastent avec le tempérament fougueux que j'observe chez mon frère, mes deux sœurs et moi-même.

Je me suis dit que puisqu'elle a du sang Ondaatje et non point Gratiaen dans les veines, c'est sans aucun doute de ma mère que nous vient notre sens du dramatique, des histoires à dormir debout, ce besoin par moments d'accaparer la conversation. Notre côté cabotin. Tandis que de mon père, malgré ses crises de folie en public, nous tenons notre discrétion, notre désir de solitude.

Mon père aimait les livres, ma mère aussi. Mon père en absorbait le suc et en tirait savoir et émotions. Ma mère lisait à haute voix ses poèmes préférés, nous faisait lire des pièces qu'elle jouait pour nous. Elle avait même fondé un petit cours de danse et d'art dramatique dont on se souvient encore à Colombo. Ses déclamations emplissaient la pièce. Si dans sa jeunesse, sa grâce et sa beauté captivaient son auditoire, plus tard ce fut sa voix, ses histoires dont son gros rire bruyant étouffait presque la chute. Elle appartenait à ce type de famille cinghalaise où les femmes relèvent la plus infime réaction d'autrui et en inventent toute une fable qu'elles ressortent le moment venu pour illustrer un trait de caractère de tel ou tel. Si quelque chose a contribué à garder leur génération en vie ce sont bien ces souvenirs généreusement amplifiés. Ainsi, des parties de tennis banales devenaient-elles mytho-logiques : il suffisait de raconter comment l'un des joueurs, ivre mort, avait failli rendre l'âme sur le court. On se rap-pellerait à jamais un individu pour un exploit minime que cinq années avaient à ce point magnifié, que, lorsque l'on y faisait référence, son auteur n'était plus que note en de bas de page. Le silence des plantations de thé et le goût inné de ma mère pour le théâtre et l'idylle (nourri par les lectures à haute voix de J.-M. Barrie et Michael Arlen) allièrent les délicatesses littéraires de la fiction avec les derniers feux d'un Ceylan colonial.

Les exploits de mon père étaient plus discrets, et limités à sa vie privée. S'il malmenait les règles de la bienséance que lui avait inculquées son père, il appréciait, presque en secret, les attributs de l'honneur et de la bonne naissance. On raconte qu'il ne pouvait souffrir sa belle-mère, Lalla, chez qui il voyait un côté fruste. Pourtant, les histoires sur mon père sont tout à fait dignes de celles que l'on colporte sur cette dernière. Chindit filait-il avec le faux sein de Lalla, c'est avec joie qu'à la demande de l'intéressée nous nous lancions à la poursuite du cabot à travers la propriété. Quant à mon père, plus que gêné, il se plongeait dans un livre ou se retirait dans son bureau. A moins que — nous n'en étions jamais sûrs — il n'entraînât discrètement le chien à agacer sa belle-mère. Nous savons qu'il encourageait Chindit à péter dans le voisinage de cette dernière et, l'air de rien, d'un froncement de sourcils, il nous faisait comprendre que c'était elle qui nous avait contraints à nous replier à l'autre bout de la pièce.

D'une manière générale, le côté théâtral de mon père n'était apprécié que de lui seul, parfois de nous quatre. Ainsi, devant un auditoire, sortait-il des plaisanteries dont seuls ma mère et lui se pâmaient.

Même dans ses dernières années et bien après leur divorce, ma mère garda toujours un faible pour son humour réservé, un tantinet retors. C'était là sans doute leur lien le plus profond. Ils évoluaient dans un monde bien à eux. Accueillants avec tous, ils partageaient un sens de l'humour inaccessible aux autres. Si le drame devait s'installer dans leur vie, mon père préférait qu'il se jouât à deux. Ma mère, en revanche, avait le chic pour trouver le haut fait dont tout le voisinage de la plantation de thé se souviendrait et dont les échos parviendraient à Colombo en vingt-quatre heures. Une des dernières fois où mon père quitta ma mère, après une algarade brève et sonnante que l'alcool rendait unilatérale, elle l'avisa qu'elle plierait bagage à onze heures du soir. Elle nous emmitoufla. Mon père s'étant emparé de la clef de la voiture et l'ayant jetée dans l'obscurité d'une forêt d'arbrisseaux à thé, elle manda quatre domestiques, nous jucha sur leurs épaules et, dans la nuit la plus noire, nous fit braver la plantation et l'épaisseur de la jungle jusqu'à une maison des environs, à quelques kilomètres de là.

Nous lui devons notre amour du théâtre, résolue qu'elle était à ce que chacun d'entre nous devînt aussi bon acteur qu'elle. Chaque fois que mon père sombrait dans une de ses crises d'éthylisme, elle expédiait les trois grands (j'étais encore bien jeune et inconscient de ce qui se passait autour de moi) dans la chambre de mon père qui, pour le moment, pouvait à peine parler et encore moins discuter. Tous trois, dressés à bonne école, devions déclamer, des larmes ruisselant le long de nos joues : «Papa, ne bois plus ! Papa, si tu nous aimes, ne bois plus !» Et ma mère attendait derrière la porte, l'oreille aux aguets. Quant à mon père, il était, j'ose l'espérer, trop embrumé pour comprendre l'ampleur de la bataille qu'on lui livrait.

Ces moments embarrassaient atrocement mon frère et ma sœur aînés. Pendant des jours ils se sentaient coupables, malheureux. Gillian, la benjamine, se prêtait volontiers à ces pièces en un seul acte ; à leur retour au salon, ma mère lui tapotait le dos en lui disant : «C'est bien, Gillian, tu as été *de loin* la meilleure.»

Déterminée à guérir mon père de son alcoolisme, ma mère lui livrait une guerre sans merci. Pendant les mois où il était sobre, ils étaient sur un pied d'égalité, très proches l'un de l'autre, pleins d'humour, mais dans les moments sombres elle utilisait chaque pièce qu'elle avait vue ou lue comme une arme, sachant que, redevenu sobre, mon père, par nature réservé, serait consterné d'apprendre à quel point ma mère avait réagi. La façon dont ma mère se comportait en le voyant ivre ne manquait pas de le choquer, lui qui, redevenu doux comme un agneau, se complaisait à passer inaperçu. Quelles que fussent les pièces que ma mère jouât en public, elles étaient loin du drame qu'elle mit en scène et dans lequel elle tint le premier rôle tout au long de sa vie de femme mariée.

Mervyn l'humiliait-il? Elle l'embarrassait par des représailles éclatantes : sitôt qu'il se mettait à boire de façon immodérée, elle se promenait solennellement dans la jungle ou retenait son souffle jusqu'à l'évanouissement au refuge de Kitulgala, l'obligeant à s'arrêter et à la reconduire chez eux.

Ses victoires, il les remportait lorsqu'il était sobre. S'apercevait-il qu'elle avait outrepassé les bornes? Voici qu'il se hâtait de rentrer dans le droit chemin. Du fait de son charme et de sa vivacité d'esprit, en une semaine, il parvenait à rendre le comportement de ma mère plus grotesque que le sien — c'était l'hôpital se moquant de la charité. Jusqu'à paraître le plus équilibré des deux. Ainsi un incident que beaucoup auraient considéré comme insurmontable, et qui aurait dû briser leur ménage, était-il enterré. Au lieu d'être jalouse, ma mère n'était jamais aussi heureuse que pendant les six mois qui suivaient; ils se montraient de charmante compagnie, devenaient des parents modèles. Et puis il y avait ce premier verre, après lequel il ne pouvait s'arrêter, et la guerre recommençait.

Lors du dénouement, elle joua sa dernière scène avec lui. Elle arriva au tribunal vêtue d'une ravissante robe blanche, arborant un chapeau (elle qui de sa vie n'en avait jamais porté). Très calmement, elle demanda le divorce, ne réclamant aucune pension alimentaire, rien pour elle, rien pour les enfants. Elle trouva un emploi à l'hôtel Grand Oriental, apprit le métier de gouvernante-chef et nous permit ainsi de poursuivre nos études, en travaillant jusqu'à sa mort dans des hôtels de Ceylan et d'Angleterre. Adieu la vie facile de la plantation de thé. Adieu les escarmouches théâtrales. Issus de ceux des familles les plus connues et les plus aisées de Ceylan, en quatorze ans ils avaient fait du chemin. Mon père se retrouvait à Rock Hill avec en tout et pour tout un élevage de poulets, tandis que ma mère peinait dans un hôtel.

Avant le départ de ma mère pour l'Angleterre, elle alla trouver une diseuse de bonne aventure qui lui prédit qu'elle continuerait à voir chacun de ses enfants séparément mais que jamais elle ne les reverrait tous ensemble. La prédiction se confirma. Gillian resta avec moi à Ceylan. Christopher et Janet se rendirent en Angleterre. Je m'en fus vivre en Angleterre, Christopher s'en fut au Canada. Gillian arriva en Angleterre, Janet mit le cap sur l'Amérique. Gillian revint à Ceylan, Janet retrouva l'Angleterre, je m'installai au Canada. Les champs magnétiques s'affolaient en présence de plus de trois Ondaatje. Et mon père. Séparé de nous jusqu'à sa mort. Le pôle Nord.

Dialogues

I

« Un jour, il a failli nous tuer. Pas toi. Les trois grands. Ivre, au volant de la Ford, il prenait les virages en faisant de ces embardées... ! Et tu les connais, ces routes de l'arrière-pays. Au début, nous avons trouvé ça très drôle, mais vite nous avons été morts de peur, nous lui hurlions de s'arrêter. Enfin, à un tournant, il a failli tomber du haut de la falaise. Deux roues dans le vide, la voiture suspendue par l'essieu. Le plongeon fatal dans la vallée. Nous étions assis à l'arrière. Une fois calmés, nous avons osé un coup d'œil vers le siège avant : papa dormait. Il s'était évanoui. Nous l'avons cru endormi, ce qui nous sembla pire. C'était *vraiment* pas sérieux. »

« Comme il conduisait, il était assis à droite [1] — le côté qui était sur le point de basculer. Nous nous sommes donc entassés à gauche. Si nous avions escaladé le siège avant pour sor-

---

1. La conduite est à gauche en Angleterre et dans les pays de l'ex-Commonwealth. (*N.d.T.*).

tir, c'était le plongeon à coup sûr. Que faire ? Un peu plus haut, nous avions croisé des cueilleurs de thé. Notre seul espoir était qu'ils pourraient peut-être nous aider à remettre la voiture sur la route. Il fut décidé que c'était au plus léger d'entre nous d'aller implorer leur aide. Là-dessus, Janet et Gillian ont commencé à se disputer pour savoir laquelle pesait le moins. A l'époque, elles faisaient grand cas de leur poids... En fin de compte, Gillian est descendu et Janet m'a aidé à le pousser vers le siège du passager.

« Lorsqu'il s'est réveillé, le véhicule avait été remis au milieu de la route. Il a déclaré qu'il se sentait mieux, a remis le moteur en marche et nous a demandé de sauter dans la voiture. Aucun de nous n'a obtempéré. »

II

« Je me souviens du jour où papa perdit son travail. Tout juste congédié, il s'était remis à boire. Maman était assise à ses côtés, sur le siège avant. Toi et moi, nous étions derrière, et durant tout le trajet il n'a cessé de répéter : "Je suis ruiné. Je vous ai tous ruinés. Tous autant que vous êtes." Et il pleurait. Ça a été un voyage horrible. Et maman s'efforçait de le consoler en lui disant qu'elle ne le quitterait jamais. Non, jamais, jamais. Tu t'en souviens... ? »

III

« Quelle fichue journée pour maman que celle de mon départ pour l'Angleterre ! Nous étions à Kuttapitiya et elle devait me conduire à Colombo. Nous partîmes de bon matin. Il fallait faire vite. Il buvait tellement qu'elle ne pouvait le laisser seul. Lorsque nous montâmes à bord du *Reine des Bermudes*, c'était à peu près l'heure à laquelle il se réveillait. Elle devait rentrer avant qu'il ne fasse des bêtises. En me disant au revoir, elle savait qu'il s'était déjà remis à boire. »

IV

« Tu te rappelles tous ces oreillers qu'il lui fallait pour dormir ? Tu te le rappelles nous demandant de lui masser les jambes ? Dix minutes chacun... »

V

« Nous avons toujours vu en lui un homme délicieux, d'une amabilité légendaire. Quand tu t'adressais à lui, tu savais que tu t'adressais au *vrai* Mervyn. D'un commerce facile, il aimait à s'entretenir avec ceux à qui il rendait visite. Nous n'avions aucune idée de ce à quoi il ressemblait en ses moments d'ivresse. Voilà pourquoi nous avons été si surpris le jour où ta mère a mentionné les raisons de la rupture. Oh, bien sûr, il m'est arrivé une fois de le voir ivre, et dans un bel état. Mais une fois seulement. »

«Quoi qu'il en soit, elle nous raconta que les choses se corsaient. Gopal, leur domestique, refusait de lui obéir et continuait à acheter en douce des bouteilles pour ton père. Nous leur suggérâmes d'aller à Ferncliff, à Nuwara Eliya. Ils y séjournèrent une semaine mais rien n'y fit. Ils retournèrent à Kegalle. D'ici là, il avait perdu son travail. Ils passaient donc le plus clair de leur temps à la maison. Là-dessus, ta mère attrapa la typhoïde. Ou plutôt une paratyphoïde. Pas la forme la plus grave, c'est entendu, mais elle l'avait bel et bien contractée. Il refusa de la croire. Elle raconta qu'il l'avait frappée pour la tirer de son lit. Elle parvint à persuader Gopal de la gravité de son état et ce dernier, désobéissant pour une fois à ton père, descendit en ville pour nous appeler. Nous la ramenâmes à Colombo et la fîmes admettre dans une clinique. Jamais elle ne retourna auprès de lui. Une fois remise, elle alla vivre chez Noël et Zirton à Horton Place.

«Nous décidâmes par la suite de venir au secours de la pelouse de Ferncliff qui brunissait. Nous demandâmes au club de golf de nous livrer du gazon. En commençant à retourner le sol, nous retrouvâmes une trentaine de bouteilles de Rocklands Gin enfouies par ton père...»

VI

«J'ignore quand cela s'est passé, je ne sais plus quel âge j'avais. Je me vois sur un lit. Il fait nuit. La pièce est sens dessus dessous, on crie. On dirait des géants.»

VII

« Après l'avoir quitté, elle travailla à l'hôtel du Mount Lavinia et au Grand Oriental, aujourd'hui le Taprobane. Dans les années 50 elle alla vivre en Angleterre, où elle travailla dans cette pension de famille de Lancaster Gate. Elle ne disposait que d'une chambre minuscule dotée d'un réchaud. A l'époque, Wendy, la fille de Noël, était pensionnaire dans un collège privé. Elle se montra merveilleuse avec Doris. Dès qu'arrivait la fin de semaine, elle lançait à toutes ses copines de Cheltenham : "Que diriez-vous d'une petite visite à tante Doris ?" Et elle vous ralliait ces petites Anglaises snobinettes. Elles s'entassaient à six ou sept dans ce réduit et faisaient sauter les crêpes sur le réchaud à gaz. »

VIII

« J'avais des amis qui jouaient au tennis. C'étaient mes meilleurs amis londoniens. Ils furent invités à Ceylan pour un tournoi. Ils y passèrent quinze jours. A leur retour en Angleterre, je n'ai pas cherché à les joindre, et me suis bien gardé de répondre à leurs appels. Je me disais qu'ils savaient à présent que je venais d'une de ces familles dont on rougit. Combien de fois maman ne nous avait-elle pas rebattu les oreilles de nos tribulations passées ? Pour moi, les Ondaatje étaient de véritables parias. J'avais alors vingt-cinq ans. Cinq ans plus tard, de retour à Ceylan pour rendre visite à Gillian, j'étais

185

toujours aussi inquiet. Quelle ne fut pas ma surprise de voir que tous se souvenaient de lui avec plaisir et affection... »

IX

« Vers la fin de sa vie, il se rendait à Colombo une semaine sur deux pour m'apporter des œufs et de l'engrais pour mon jardin. Il s'était rangé. Ce n'était plus le Mervyn impétueux que nous connaissions, mais un homme calme et bienveillant. Il se plaisait à rester assis à m'écouter bavarder... Je n'ai rencontré sa seconde femme, Maureen, que le jour de son enterrement. »

X

« Tu sais, ce dont je me souviens surtout, c'est de la tristesse de son visage. Il m'arrivait, alors que j'étais occupée à quelque activité, de le regarder soudain et de saisir son visage à nu. Empreint de chagrin, mais lequel ? Longtemps après le divorce, je lui écrivis. Je rentrais de ma première soirée dansante et me plaignis de ces chansons fadasses que les garçons nous ressassaient, entre autres d'une qui revenait sans cesse : "Donne-moi un baiser, donne-moi deux baisers, donne-m'en un autre. Cela fait *bien, bien* longtemps..." Il se contenta de répondre qu'il aimerait nous embrasser encore une fois, tous.

... Les lignes que tu m'as envoyées m'ont rendu nostalgique, je me suis souvenu de lui, de toutes ces années. Bien sûr, j'étais toujours la plus sérieuse de la bande, aucun sens de l'humour. J'ai fait lire à des amis ce que tu as écrit. Ils ont ri et m'ont dit que nous avions dû avoir une enfance de rêve. J'ai répondu que c'était un cauchemar. »

XI

« Des années plus tard, lorsque nous nous retrouvions, il était devenu un répertoire inépuisable d'histoires merveilleuses. Jamais grivoises, ne tournant jamais les femmes en dérision. Bref, un jour je tombai par hasard sur lui alors que j'étais au Fort. Ce soir-là, nous avions invité ta mère, en visite à Ceylan. Me faisant l'avocat du diable, je lui rapportai ma rencontre matinale et lui suggérai de le voir. Elle resta, je me souviens, silencieuse, fixa son assiette vide puis laissa son regard errer autour de la pièce, comme surprise : « Pour quelle raison devrais-je le revoir ? » Sans trop savoir pourquoi, je continuai à en parler. Petit à petit, elle finit par s'intéresser. Je crois qu'elle fut bien près de céder. Je lui dis qu'il m'était facile de le joindre par téléphone, qu'il pourrait venir nous retrouver. Sexagénaires à présent, ils ne s'étaient pas revus depuis le divorce. En souvenir du bon vieux temps, Doris. Juste pour vous revoir. Mais mon épouse pensa que je dépassais les bornes. Elle me fit changer de sujet et proposa que nous passions à table, le dîner était prêt. Je sais qu'elle avait été presque convaincue, je le voyais. Il s'en était fallu de si peu... »

Confiance aveugle

A certaines heures, à certains moments de nos vies, nous nous prenons pour des rescapés de générations anéanties. Il nous incombe alors de rester en paix avec l'ennemi, de supprimer le chaos final propre aux tragédies du XVIIᵉ, et, avec cette «grâce que donne le recul», de remplir les pages de l'histoire.

Fortinbras. Edgar. Christopher, mes sœurs, Wendy et moi. Je crois que nos vies ont été terriblement influencées par ce qui a pu se passer avant nous. Pourquoi, entre tous les personnages de Shakespeare, Edgar retient-il ma curiosité? Lui qui, si j'interroge la métaphore, tourmente son père en haut d'une falaise imaginaire.

A force d'être employés, des mots comme *amour*, *passion*, *devoir* perdent leur sens, sauf en tant que monnaie d'échange ou armes. Le verbe s'édulcore. Je n'ai jamais su ce que mon père ressentait au sujet de ces «choses». Mon regret, c'est de ne lui avoir jamais parlé une fois adulte. Était-il prisonnier de son rôle cérémonieux de «père»? Il est mort avant que je ne pense seulement à tout cela.

J'attends ce moment de la pièce où Edgar se révèle à Gloucester. Jamais il n'arrive. Regarde, je suis le fils qui a grandi. Je suis le fils à qui tu as donné l'esprit aventureux et qui t'aime encore. Je suis désormais initié aux rites des adultes, mais je voulais te dire que j'écris ce livre sur toi, à un moment où je doute plus que jamais de ces mots... Donnez-moi votre main. Lâche ma main. Donnez-moi votre bras. Holà! le mot de passe!... «Suave marjolaine»... Herbe doulce...

L'os

Il y a une histoire au sujet de mon père que je n'arrive pas à comprendre. Il s'agit d'une des versions de son escapade en train. Ayant sauté de son wagon, il se serait enfui nu dans la jungle. («Ton père avait le complexe du fuyard», m'a-t-on déjà dit.) On envoya son ami Arthur le chercher et le supplier de revenir. Arthur finit par retrouver sa trace et voici ce qu'il vit.

Mon père s'avance vers lui, nu, gigantesque. D'une main, il tient cinq cordes ; à l'extrémité de chacune pend un chien noir. Aucun des cinq ne touche le sol. Son bras est tendu, comme s'il était doté d'une force surnaturelle. Des bruits effrayants émanent de lui et des bêtes. Une conversation souterraine, volcanique. Les langues pendent.

Des chiens perdus que mon père aura trouvés et ramassés dans un village de la jungle. Il adorait les chiens. Pourtant, dans cette scène, ni humour, ni douceur. Les chiens étaient par trop costauds pour risquer de finir étranglés. Celui qui courait un danger, c'était cet homme nu qui les maintenait à bout de bras et autour duquel ils gravitaient, énormes aimants noirs. Il ne reconnut pas Arthur. Il ne voulut pas lâcher les cordes. Il avait capturé tout le mal des régions qu'il avait traversées et le retenait en son pouvoir.

Arthur trancha les cordes : les animaux s'écrasèrent sur le sol, et après quelques cabrioles, ils s'enfuirent. Il guida ensuite mon père vers la route et la voiture où l'attendait sa sœur Stephy. Ils le firent monter à l'arrière. Son bras, toujours tendu, dépassait de la portière. Et jusqu'à Colombo, les moignons de corde se balancèrent à son poignet, au gré des bouffées d'air chaud.

LA SOCIÉTÉ CINGHALAISE DES CACTUS
ET PLANTES GRASSES

Table

LA SOCIÉTÉ CINGHALAISE DES CACTUS
ET PLANTES GRASSES

Thanikama

Après le trajet matinal jusqu'à Colombo, après sa rencontre avec Doris, tendue, s'épanchant en murmures dans le hall de l'hôtel, il se forçait à s'asseoir sur la terrasse surplombant la mer. Il restait au soleil à boire des bières, qu'il commandait frappées et terminait avant que les gouttes aient eu le temps de s'évaporer à la surface de la canette. Il se versait des chopes de bière de Nuwara Eliya. Il resterait là tout l'après-midi, dans l'espoir qu'elle remarquerait sa présence et viendrait engager avec lui une conversation civile, honnête. Il voulait que son épouse cessât de faire semblant de travailler. Il fallait qu'il lui parle. Il avait peine à se rappeler où étaient les enfants. Deux faisaient leurs études en Angleterre, un troisième était à Kegalle, un quatrième à Colombo...

Il demeura sur la terrasse bleue jusqu'à cinq heures, en plein soleil, à l'écart du reste des hôtes et des consommateurs, à l'ombre fraîche du hall de l'hôtel, sachant que là, ils pourraient être seuls si elle changeait d'avis et venait le rejoindre. Il se les rappelait tous. Toute la bande. Noël, Trevor, Francis — mort à présent —, et Dorothy menant le combat. Issus de familles burghers[1] ou cinghalaises, ils gardaient leurs distances vis-à-vis des Européens. Le souvenir de ses amis l'accompagnait sous ce soleil, se déversait dans sa chope, et il buvait. Il se rappelait Harold Tooby du temps où ils usaient les mêmes bancs de l'école, puis ses années à Cambridge, placées sous le signe du : «Tu-t'en-tireras-toujours-mieux-que-tu-ne-le-crois». Jusqu'au jour où Lionel Wendt parla par mégarde à son père de la supercherie. Lionel, s'en voulant à mort, avait offert à Doris et son fiancé, en cadeau de mariage, un tableau de George Keyt. Il l'avait encore. Comme ce bois sculpté représentant une femme, qu'il avait récolté à une vente aux enchères et que tout le monde détestait. Les objets demeurent, les êtres disparaissent.

A cinq heures, il monta dans la Ford blanche. Elle n'était pas venue. Il se rendit au dépôt de F.X. Pereira à Ridgeway, acheta des caisses de bière et de gin pour les rapporter à Kegalle. Alors, il se gara près de l'hôtel Galle Face, un vieux repaire, et s'en alla au bar, de l'autre côté de la rue, où journalistes et autres transfuges de Lake House discutaient politique, débitaient des absurdités, parlaient sport, sujets qui, pour le moment, ne l'intéressaient pas. Il ne mentionna pas Doris. On buvait, on riait, on s'écoutait jusqu'à onze heures du soir, au moment où chacun allait retrouver son épouse. Il descendit Galle Road, dîna dans un restaurant musulman, seul, dans l'une de ces frêles alcôves de bois ; la nourriture était tellement épicée qu'elle dissipait l'ivresse et l'assoupissement. Là-dessus, il remonta dans sa voiture. C'était en 1947.

1. Métissés de Hollandais (*N.d.T.*).

Il longea Galle Face Green que l'aviation japonaise avait fini par attaquer, puis il disparut dans les rues obscures, tranquilles et désertes du Fort. Il aimait le Fort à cette heure, ces nuits de Colombo. Les glaces de sa voiture baissées, et la brise presque fraîche, et non plus tiédasse, chargée des odeurs de la nuit, du parfum des échoppes endormies, lui souffletait le visage. Un animal traversait-il la route qu'il freinait, s'arrêtait, le regardait déambuler sans se presser : après tout, il était minuit et si une voiture vous laissait passer vous pouviez lui faire confiance. Arrivée à gué, sur son trottoir, la bête marquait une pause et se retournait pour regarder l'homme qui n'avait pas encore repris sa route. Tous deux s'observaient puis l'animal gravissait à la hâte le perron du bâtiment blanc et disparaissait à l'intérieur de la poste ouverte la nuit.

Moi aussi je pourrais dormir là, se dit-il. Je pourrais laisser ma voiture au milieu de Queen's Road et rentrer. Les autres véhicules n'auraient qu'à se débrouiller pour l'éviter. Quatre ou cinq petites heures, cela ne dérangerait pas grand monde. Qu'est-ce que ça changerait ? Il leva le pied de l'embrayage, appuya sur l'accélérateur et avança dans le Fort, en direction de Mutwal ; il passa devant l'église de ses aïeux — prêtres, médecins, traducteurs —, qui le toisait derrière sa rangée de plantains, un œil sur les bateaux amarrés dans le port, comme d'énormes joyaux en train de sombrer. Il sortit de Colombo.

Une heure plus tard, il aurait pu s'arrêter au refuge d'Ambepussa mais il continua, encore imprégné de l'alcool de la journée bien que par deux fois il se fût déjà arrêté sur le bord de la route pour uriner, dans l'ombre intime du feuillage. Il fit une brève halte à Warakapola et ses villages bien sombres, porteurs d'avenir, prit un passager en stop, un Tamoul, qui se lança dans une conversation sur les étoiles. Tous deux, fiers de leur commun lignage, s'entretinrent d'Orion. C'était un écorceur de cannelle. L'odeur envahit la voiture mais il ne voulut ni s'arrêter, ni le déposer à quinze cents mètres de là. Il voulait l'emmener bien loin, par-delà les jardins d'épices de Kegalle. Il poursuivit sa route, l'odeur de cannelle sitôt chassée par de nouvelles fragrances. Il ne gardait aucun souvenir de la façon dont il conduisait, attentif seulement aux brises nocturnes, aux effluves des jardins d'épices, semblables à d'immenses cuisines qu'il contournait. Un de ses phares ayant rendu l'âme, il se dit qu'à son approche, le paysan égaré sur la route devait le prendre pour un motard. Il serpenta dans les virages de la côte de Nelundeniya, traversa Kegalle, le pont, et se retrouva à Rock Hill.

Il resta assis devant la maison une dizaine de minutes, sachant fort bien que la voiture n'était occupée que par son corps — une dépouille. Laissant la portière ouverte comme une aile blanche brisée sur la pelouse, une caisse d'alcool sous le bras, il se dirigea vers la véranda. *Pas de lune.* Même pas un coin de lune. Dans la chambre, le bouchon déjà dévissé. Tooby, Tooby, tu devrais le voir, ton ami d'enfance ! Le goulot de la bouteille dans la bouche, je suis assis sur le lit, vaisseau égaré sur une mer blanche. Des années auparavant, jeunes, ils s'étaient assis dans des chaises longues, en partance pour l'Angleterre. Affublés de ces vêtements anglais ridicules qu'ils s'étaient mutuellement offerts. Au cœur de la nef conjugale, ils avaient fait voile. Vers l'Australie. Sereins, ils étaient passés au-dessus des gouffres marins, lissant de creux en crêtes le grand lit de l'océan, comme l'échine tourmentée de quelque dragon à l'œil noir du cratère de Diamantina. Cela faisait partie du profil de l'univers. C'était une particularité de la terre. Ils s'étaient embrassés dans les Jardins botaniques de Perth, étaient montés à bord de l'Overland pour traverser le pays et dire qu'ils avaient vu le Pacifique. Il avait quitté son costume de Colombo, désormais flaque blanche sur le sol, et s'était glissé dans le lit. Pensif. A quoi pensait-il ? De plus en plus il se regardait ne rien faire. Avec rien. En des moments comme celui-ci.

Il se vit avec la bouteille. Où était son livre ? Il l'avait perdu. Quel livre était-ce ? Ce n'était pas Shakespeare. Pas ces tragédies d'amour sur lesquelles il pleurait trop facilement. Avec une reliure bleu foncé. Vous les faisiez grincer en les ouvrant et pénétriez dans une chambrée de tristesse. Songe d'une nuit d'été. A un moment ou à un autre, ils s'étaient tous promenés avec une tête d'âne, Titania Dorothy Hilden Lysander de Saram. Une créature issue du croisement de sang cinghalais, hollandais, tamoul et âne, qui évoluait lentement, au sein de la forêt, en proie à de folles ou graves obsessions. Non, — il regarda autour de la pièce vide —, ne me parlez pas de Shakespeare, ne me parlez pas de « chapeaux verts ».

A côté de lui, la bouteille était à moitié vide. Il se leva pour allumer la lampe à pétrole. Il voulait scruter son visage, par-delà les taches de glaise et de boue qui souillaient le miroir. Il se dirigea vers la salle de bains, le balancier jaune de la lampe heurta ses genoux. A chaque lueur il constatait l'état de la pièce et du corridor. Vision de toiles d'araignées soudain vieillies, verre crasseux. Pas de domestique depuis des semaines. La nature progressait. Les arbustes à thé devenaient jungle, les branches glissaient leurs bras dans les fenêtres. Si vous restiez immobile, vous étiez envahi. Statique, la richesse pourrissait vite. Imprégnés de transpiration, les billets moisissaient dans votre poche.

Dans la salle de bains, les fourmis avaient attaqué le roman oublié sur le sol près de la commode. Un bataillon entier s'emparait d'une page, transportait l'écriture intime comme si, en la faisant rouler, les bestioles voulaient éloigner une tranche de sa vie. Il s'agenouilla sur le carrelage rouge. Lentement. Veillant à ne pas perturber leur besogne. C'était la page 189. Il n'en était pas encore aussi loin mais il la leur livra. Il s'assit, oubliant le miroir qu'il avait manipulé. Effrayé par la compagnie du miroir. Il s'assit le dos contre le mur et attendit. Les fourmis, laborieuses, déplaçaient le rectangle blanc. Le devoir, pensa-t-il. Mais ce n'était qu'un fragment entraperçu à la sauvette. Il but. Il vit le rat de minuit.

Carnet de mousson (III)

Un cahier d'écolier. J'écris ces lignes assis devant mon bureau de coromandel, tout en contemplant par les fenêtres la nuit noire et sèche. *Thanikama.* « Solitude. » Pas d'oiseaux. Le bruit d'un animal qui traverse le jardin. Minuit, midi, point du jour, tombée de la nuit : heures de danger, de vulnérabilité aux *grahayas*, malins esprits planétaires. Évite de manger certaines choses dans des lieux déserts, les démons te flaireraient. Aie sur toi du métal. Un cœur de pierre. Ne marche ni sur un os, ni sur des cheveux, ni sur de la cendre humaine.

Mon dos transpire. Le ventilateur s'arrête puis se remet en marche. A minuit, seule cette main remue. Discrète, prudente. Comme les animaux du jardin plient et replient les feuilles brunes, visitent la gouttière ou escaladent les tessons de bouteille qui hérissent les murs. Je regarde bouger la main. Attendant qu'elle me dise quelque chose. Qu'elle bute au hasard sur quelque présence, sur la forme d'une chose inconnue.

Soudain, le jardin est aux prises avec une averse. En une seconde, une nuit bien sèche, docile s'imprègne du bruit de la pluie sur la tôle, le ciment, l'humus, et éveille lentement

201

le reste de la maison. Je l'ai vue, tandis que je déchiffrais l'obscurité, j'ai vu l'averse blanche chevaucher la lumière de la pièce. Je l'ai vue choir devant la fenêtre. Et la terre a recraché cette poussière endormie depuis des mois, en a déversé le relent dans la chambre. Je me lève. J'avance vers la nuit. Je l'aspire. La poussière, l'odeur feutrée d'humidité, l'oxygène vrillent le sol, gênent la respiration.

Derniers jours.
La langue paternelle

Jennifer :

L'élevage de volaille était alors fort prospère. Il avait des milliers de poulets, des races servant à la fois à la ponte et à l'alimentation. Light Sussex, Rhode Island Reds, Plymouth Rocks. En tant qu'inspecteur, il contrôlait les domaines de la région et rédigeait des rapports sur la manière dont ils étaient gérés... Il fut, je crois, l'un des premiers Cinghalais à devenir inspecteur. Je conçus une affiche pour son élevage qu'il fit tirer à de nombreux exemplaires. Ensemble nous élaborions réclames et slogans pour les journaux. Le *Daily News* fronça les sourcils devant certains slogans du genre : *A Rock Hill on n'apprend pas à pondre aux vieilles cocottes!* Il nous gardait fort occupés. Moi, c'était le courrier, Susan, les œufs. A Kegalle, il eût été aisé de se couper du monde, aussi construisit-il un univers à notre mesure à partir de tous ces livres et ces programmes de radio. Nous écoutions le jeu des « Vingt questions ». Bon Dieu, si je m'en souviens! Chaque semaine! Il adorait ce machin-là que moi je détestais...

Au cours de la journée, il inventait des petits travaux pour lesquels il nous rémunérait. Un beau jour il déclarait que ce serait la « semaine du scarabée », et nous de partir à la chasse de ces gros scarabées du cocotier qu'il donnait en pâture à ses volatiles. Dix centimes pour un gros, cinq centimes pour un petit. Nous passions des heures à faire le tri et à décider s'ils étaient gros ou petits... Nos journées étaient ainsi organisées, au rythme de ces jeux. Prenons par exemple les *chats*. Lui qui adorait les animaux se montrait fort réservé à l'égard des chats, ce qui n'empêchait pas ces derniers de le suivre... Allait-il en ville ? Nous faisions des paris sur le nombre de chats qu'il aurait à ses trousses. Il avait beau ne pas les apprécier, il était tout de même fier, je pense, de son succès auprès de la gent féline. Dès qu'ils l'apercevaient, les chats traversaient la rue. Quand nous montions dans la voiture, il fallait qu'il monte le premier et que nous jetions ces intrus dehors afin de les empêcher de se tapir sous son siège.

Il aimait notre crédulité, notre innocence et les tours qu'il nous jouait duraient des années. Lorsqu'il nous faisait sortir de pension pour la journée, il nous emmenait, Suzie et moi, à l'Elephant House où il commandait gâteaux, beignets à la crème et Colas de Lanka. « Plus vous mangez, moins j'aurai à payer », nous avait-il déclaré un jour. Du coup, par souci de *lui* être agréables nous avalions autant que nous le permettait notre estomac. Il fallut que Maureen vînt avec lui et fût le témoin ahuri de notre gloutonnerie pour que nous découvrions la vérité... et notre stupidité, qui nous valut presque une gifle.

Il avait l'art de s'y prendre avec les enfants car il savait garder leur intérêt en éveil. Toi, avec tes airs de petit saint en présence de papa, tu devenais un démon sitôt qu'il avait le dos tourné. Vous lui manquiez tous terriblement, il était impatient de vous revoir, mais avec nous, sa seconde famille, il se montrait tout aussi aimant. Sans être tout à fait sa fille, je fus sans doute la plus proche de lui dans ses dernières années. Il m'éleva comme une princesse, me défendant envers et contre tous, y compris mes professeurs les plus stricts. Je me rappelle une certaine Miss Kaula — un véritable gendarme... Elle tomba sous le charme de papa et la voici qui se pomponnait avant qu'il n'arrive, l'autorisant même à perturber son emploi du temps... Il se montrait incroyablement protecteur à mon égard. Jamais il ne m'aurait laissée passer le week-end avec des amis, c'était à eux de venir chez nous. S'il n'y avait pas assez à manger pour tout le monde, il émettait des signaux du genre «R.S.V.P.», ce qui signifiait en l'occurrence «retenez-vous s'il vous plaît». Nous adorions ces codes. La seule fois où je l'ai senti complètement désorienté c'est le jour où je l'ai supplié de m'emmener au cinéma. C'était un film «twist». Joey D. et les Starlighters dans *Peppermint Twist*. Il fut horrifié. C'était l'avenir...

Il savait rire de lui-même. A la fin de sa vie il était énorme, volumineux. Il fit don de trois cent seize roupies au Rotary Club et lorsqu'on lui demanda pourquoi ce montant-là et pas un autre, il répondit que cela représentait son poids[1]. Il devait, je pense, son embonpoint à un dérèglement glan-

1. Il s'agit de livres anglo-saxonnes, l'équivalent de 140 kilos (*N.d.T.*).

dulaire mais cela ne l'inquiétait guère. Lorsqu'il nous accompagna à notre première soirée dansante, je fus surprise de son agilité. Il se souvenait de toutes les valses et fox-trots de sa jeunesse. Je nous vis dans un miroir tandis que nous dansions, il sourit et me dit : « Tu me fais penser à ma cravate ! » J'avais seize ans, je paraissais minuscule à ses côtés. Pour mes dix-sept ans il nous fallut mettre de l'eau dans le gin.

Lorsqu'il commença à boire, je pris l'habitude de disparaître. A Rock Hill, c'était chose facile. Dans ces moments-là, il était impossible et puis, quand tout rentrait dans l'ordre, il redevenait doux comme un agneau et aurait fait n'importe quoi pour vous aider... Il y avait une chanson de son cru qu'il ne ronronnait que lorsqu'il était ivre. Mélange d'anglais et de cinghalais, elle rappelait un baila puisque tout y passait : noms de marques, noms de rues, charabia. Cela n'avait aucun sens sauf pour lui qui, chaque fois, reprenait exactement les mêmes mots.

Ses derniers jours furent très paisibles. Il s'autorisait une cigarette quotidienne. Après dîner, il allait s'asseoir sous la véranda pendant environ une heure, seul ou avec moi, avant ses émissions de radio. C'était le moment de sa cigarette. Si j'avais besoin d'une permission, d'aller à une soirée par exemple, j'en profitais, sachant que c'était à ce moment-là qu'il était le plus heureux. Bien sûr, il y avait tout un rite, autant que je m'en souvienne. Je lui apportais la boîte ronde de cigarettes, des allumettes. Il en allumait une, la fumait lentement. Il devait être huit heures du soir.

V.C. de Silva :

On peut dire qu'il s'y entendait pour vendre les poulets !
Ne me demandez pas comment il se débrouillait, mais il prenait l'air du gars qui s'y connaît et ça aidait. Si j'obtenais
quinze roupies pour une poulette, lui en obtenait vingt-sept
cinquante. Mais il y avait un fond de candeur dans ses transactions avec les adultes et certains abusaient de sa générosité. Dès qu'il avait de l'argent, il le dépensait.

Je passais pour un de ses amis les plus proches. J'étais
son conseiller médical, mais nous parlions également volaille
et chiens. Après le départ de ta mère en 1947, j'ai vécu
un mois auprès de ton père. Je faisais office de messager,
apportant des fleurs à Colombo. En 1950, alors que j'exer-
çais à Kandy, il vint me trouver parce qu'il vomissait du
sang. Archer Jayawardene, lui et moi devînmes très bons
amis, nous retrouvant une fois par semaine à la librairie
du *Daily News* à Kandy.

Lorsque nous étions avec lui, nous ne buvions jamais. Si
Archer et moi débarquions à Rock Hill, il nous offrait un
grand verre de lait glacé. Il aimait lire mes ouvrages médi-
caux ou ceux ayant trait aux chiens ou à l'élevage de volaille,
sujets sur lesquels il se plaisait à réfléchir. En cas de crise de
delirium tremens, je lui donnais une dose infime de morphine
pour le calmer pendant une douzaine d'heures et il s'en sortait sans problème. Avant sa mort il fit une seconde hémorragie, gastrique cette fois, mais c'est d'une hémorragie
cérébrale qu'il mourut.

Nous n'étions que deux ou trois à être vraiment proches de lui. Sans doute, étais-je même trop proche pour que Maureen pût apprécier ma compagnie. Bon sang, quand je pense à tout ce qu'il m'a appris ! En aviculture, il n'y avait rien qu'il ignorât. Idem dans le domaine des chiens. Il avait grande confiance en moi et je l'aimais pour cela aussi.

***

Archer Jayawardene :

Il fut l'un des fondateurs de la Société cinghalaise des plantes grasses et cactus. Nous étions une centaine de membres et une fois l'an nous nous retrouvions au Kandy Garden Club pour y déjeuner et prendre le thé.

C'était un organisateur-né. Un beau jour il décida que nous devrions danser malgré notre âge un peu avancé ; si je m'en souviens bien, Maureen avait envie d'aller à une soirée de réveillon. Il suggéra donc que nous prenions des leçons de danse. Il engagea un professeur et il nous fallut prendre deux leçons par semaine. Il n'avait pas son rival pour organiser tout ce qu'on voulait, que ce fussent pique-niques ou excursions au Perahera. Amoureux du Perahera, il se mettait invariablement dans des situations invraisemblables à cette occasion. Il écrasa même le pied d'un agent de police. Au commissariat, il s'endormit sur le bureau de l'inspecteur et il fallut plusieurs hommes pour le déplacer.

Il passait la plupart de ses loisirs à lire ou à écouter l'énorme T.S.F. sur la véranda. Je pense qu'il vivait dans un autre monde. La politique ne l'intéressait pas. En général, il ne parlait pas du passé. Mais lors du fameux *coup*, il descendit à Colombo rendre visite à Derek et Royce, ses vieux amis emprisonnés.

Un an avant sa mort, il sombra dans une horrible dépression. V.C. de Silva et moi allâmes le trouver et il refusa de nous parler. Nous étions ses meilleurs amis et pourtant il nous ignorait. Il resta là assis, figé, comme si quelque chose l'empêchait de bouger. Je ramenai de Colombo un de mes cousins, psychiatre de son état, et le lui présentai. A peine avais-je passé le seuil qu'il était déjà lancé dans une *fichue* conversation avec le médecin.

Son enterrement prit la tournure d'une tragi-comédie. D'abord le cercueil qui était trop petit... Il leur fallut en refaire un sur place. Impossible de le faire sortir, ils durent défoncer les portes. Ajoutez à cela qu'il pleuvait... Il avait acheté cette parcelle de terrain au sommet d'une colline escarpée, que nous gravîmes en portant le cercueil, glissant et tombant sur nos genoux au long de ce raidillon bourbeux.

L'année qui avait suivi sa dépression, il n'était pas en forme. Il avait pourtant l'air content de son sort. Je crois que nous étions tous deux des impatients. Mais entre les cactus et le jardinage, nous avions appris quelque chose... Aujourd'hui, ma femme et moi vivons dans cette petite maison. Les meubles n'ont toujours pas suivi mais je ne m'en soucie guère.

Aux dires des bouddhistes, tout bien est source de préoccupation... Je vais me promener en vélo à trois heures du matin, quand les rues sont désertes... Je suis heureux. Je ne cesse de répéter à mon épouse que nous devrions nous préparer pour l'autre vie, l'envol.

Deux jours avant sa mort, nous étions ensemble. Seuls dans la maison. Je serais incapable de me rappeler ce que nous nous sommes dit, mais nous sommes restés assis trois heures durant. Moi non plus, je ne parle pas beaucoup. Vois-tu, il n'y a rien de plus apaisant que d'être assis à côté d'un de tes meilleurs amis, sachant que tu n'as pas besoin de lui dire quoi que ce soit pour faire le vide dans ton esprit. En silence, à la nuit tombante, tous deux nous étions vraiment heureux.

***

En ces dernières années, il passait brutalement de la sobriété à l'ivresse, mais surtout de la sérénité à la dépression. Timide par nature, il ne voulait ennuyer personne, aussi se retranchait-il dans son silence. Sa seule défense. Garder cela en lui, pour ne pas faire de mal à autrui.

Ces vers de Goethe me reviennent souvent à l'esprit : « *Oh ! qui apaisera les souffrances. / De l'homme dont le baume est devenu poison ?* » Seule cette métamorphose peut m'aider à comprendre la gamme de ses variations. Jusqu'au bout il fit preuve de cette courtoisie à l'égard de ses quelques amis. Du coup, ceux-ci ne se rendirent jamais compte, ni même ne devinèrent son tourment. Il était trop tard. Il était au bord de la falaise... Comment ses enfants étaient-ils censés le deviner quand il leur envoyait des notes bizarres du genre : « Chère Jenny — Suis en eaux tranquilles. Toi aussi, j'espère. Je t'embrasse, papa. »

Ses caprices étaient redoutables. Dans ses moments de dépression, la paranoïa prenait le dessus. Un jour, il alla jusqu'à briser trois cents œufs, creusa un trou, les y jeta en cognant dessus avec un gros bâton pour qu'il n'en reste rien, persuadé que quelqu'un voulait empoisonner la famille. Il fit cela discrètement, pour n'inquiéter personne.

Quand il ne pouvait plus tout garder pour lui ou s'il se sentait dépassé par les événements, il se mettait à boire. L'année qui précéda sa mort, il s'effondra. Autour de lui, le cérémonial s'assombrit. Ses deux meilleurs amis furent peinés de voir ce qui lui était arrivé et de sentir qu'il ne semblait plus leur faire confiance. Il était au fond du puits du silence absolu. Assis sous la véranda, il contemplait les cocotiers, les poulets suspects. Il se faisait une omelette et un bol de soupe. A ce stade, il ne buvait plus. Il restait là, catatonique, le regard errant sur la pelouse. Trop tard pour feindre la belle assurance, la politesse.

On trouva un médecin auquel il acceptait de parler et on l'emmena dans une clinique de Colombo. Si les enfants venaient lui rendre visite, il se montrait distant, persuadé qu'ils n'étaient que de pâles imitations. Il rêvait de serrer ses enfants dans ses bras. Tout cela se passait, vois-tu, alors que sa première famille se trouvait en Angleterre, au Canada ou à Colombo et n'avait pas idée de ce qui lui arrivait. Pour nous cela resterait la malédiction, le remords qui ne nous quitterait plus.

Il en sortit deux semaines plus tard, de bonne humeur et

prenant la vie du bon côté. Des années plus tôt, Archer et Doreen Jayawardene lui avaient signalé que Rock Hill était un *see devi*, un lieu de félicité et de paix. En les revoyant il leur demanda : « N'est-ce pas vraiment un *see devi* » ? Et pour la première fois il laissa ses proches entrevoir les ténèbres qui l'entouraient.

Lorsque je t'ai vu arriver, racontait mon père, tu étais enveloppé d'un gaz toxique. Tu as traversé la pelouse pour venir à ma rencontre et tu pataugeais dans ce gaz verdâtre comme si tu passais une rivière à gué sans même t'en apercevoir. Je me suis dit que si j'ouvrais la bouche ou si je te faisais un simple signe, c'en serait immédiatement fini de toi. Je n'avais rien à craindre. Je ne risquais pas d'être détruit mais si je te révélais ce monde, tu en souffrirais car tu n'en avais pas la science, tu n'avais aucun moyen de t'en défendre..

Un an plus tard environ, il alla livrer des œufs à la gare et, au retour, il décida de rendre visite à sa cousine Phyllis qui habitait Kandy. Elle le revoit arrivant en voiture tandis qu'elle est assise sur la véranda. Elle se lève pour l'accueillir mais il agite sa main, poursuit sa route et disparaît, le bras toujours tendu. Une heure s'écoule, il l'appelle alors au téléphone : « Tu as dû me prendre pour un fou, mais en ralentissant j'ai senti qu'un de mes pneus se dégonflait et que je ferais mieux de me dépêcher de rentrer. » Ils rirent de bon cœur de cet incident et ce furent les derniers mots qu'ils échangèrent.

Il y a tant de choses à son sujet que nous devrions connaître mais devons nous contenter de deviner... Le connaître au fil de ces gestes isolés que me rapportent ceux qui l'aimaient. C'est encore un de ces livres que nous avons envie de lire mais dont les pages ne sont pas coupées. Nous sommes encore indiscrets. Ce n'est pas qu'il fût devenu trop compliqué, disons plutôt qu'il avait restreint son horizon à certaines choses qui l'entouraient et auxquelles il attribuait un sens et une importance considérables. En compagnie de V.C. de Silva, il aurait pu théoriser des heures durant sur le comportement de tel ou tel animal. Il tenait un journal sur presque chacune des quatre cents variétés de cactus et de plantes grasses, y compris celles qu'il n'avait jamais vues et d'autres qu'il avait fait pénétrer en fraude dans le pays par l'intermédiaire d'un ami. Les jours où des plantes aquatiques arrivaient des îles du Pacifique revêtaient pour lui une importance toute particulière. Il en était venu à se passionner pour la variété spécifique de tout ce qui poussait et pour ce qu'il pouvait en apprendre. Il y avait les jeux qu'il inventait avec ses enfants. Il y avait ces chansons d'autrefois qu'il réapprenait à leur plus grande joie. Eux pouvaient se laisser charmer par la niaiserie des paroles de ces rengaines des années 30 qui l'avaient toujours ému.

Courtoisie. Un sens de la discrétion. Malgré la démesure originelle de ses gestes, vers la fin de sa vie il se révéla un véritable miniaturiste tirant grand plaisir des détails, de la moindre attention en famille ou entre intimes. Il composa de charmantes chansons pour chacun de ses chiens, toutes sur un air différent, vantant leur tempérament.

« Il faut que ce livre sonne juste, me dit mon frère. Tu n'as droit qu'à un seul essai. » Mais le livre est incomplet. A la fin tes enfants se retrouvent perdus au milieu d'anecdotes et de souvenirs éparpillés sans rapport apparent. Non qu'il nous soit jamais venu à l'idée que nous pourrions pleinement te comprendre. L'amour suffit souvent pour accéder à toutes ces petites choses. Nous aurions applaudi tout ce qui aurait pu être une joie pour toi. Nous aurions accueilli ce qui aurait pu dompter la peur que nous partagions tous. Cela n'aurait pu se faire que jour après jour, au rythme de ce chant que nous ne saurions traduire, à la faveur de ce vert poussiéreux du cactus que tu caresses et présentes au soleil, doucement, comme l'enfant blessé, ou à la lueur de la cigarette que tu allumes.

Dernier matin

Une demi-heure avant le lever du jour je suis éveillé par le son de la pluie. Sur le mur, le cocotier, le pétal. Il couvre le bruit du ventilateur. Le monde déjà palpite derrière les fenêtres à barreaux tandis que je me lève et attends le dernier matin.

Mon corps doit tout se rappeler, cette fugace piqûre d'insecte, le parfum du fruit humide, la trace du limaçon non-chalant, la pluie, et sous les frissons de couleurs, un tumulte d'oiseaux mouillés et courroucés qui savent imiter les grosses bêtes, les trains ou les grésillements de l'électricité. Arbres d'ombre, salpêtre qui ouate le mur du jardin, air engourdi mitraillé par la pluie. Au-dessus de moi, les volutes éblouissantes, lancinantes de l'hélice du ventilateur. Lorsque j'allumerai, l'ampoule au bout de ce fil se balancera au gré de ce souffle électrique et mon ombre ondoiera sur le mur.

Mais je n'allume pas encore. Je désire ce vide de la chambre obscure où j'écoute. Où j'attends. Rien dans ce que je vois qui ne puisse dater d'une centaine d'années. Rien qui n'aurait pu être là quand j'ai quitté Ceylan à l'âge de onze ans. A sa fenêtre de Colombo, ma mère songe au divorce.

Mon père se réveille après trois jours d'alcool. Il peut à peine bouger à cause de la raideur de muscles dont il n'a pas souvenance de s'être servi. Une scène matinale à laquelle sont habitués ma belle-sœur et ses enfants qui, avant l'aube, traversent en Volks la ville déserte pour aller s'entraîner à la piscine, longeant les îlots d'échoppes aux besogneuses ampoules électriques où l'on vend journaux et vivres. Longs matins de mon enfance... J'avais grand-peine à attendre la lumière du jour, l'instant où je pourrais aller chez les Peiris plus loin, sur la route de Boralesgamuwa. Longues, merveilleuses journées passées là-bas en compagnie de Paul, Lionel et tante Peggy qui objectait avec désinvolture à ma manie d'escalader les étagères de sa bibliothèque avec mes pieds nus et sales. Ces étagères devant lesquelles je me suis retrouvé la semaine dernière, bourrées de premières éditions dédicacées de recueils de Neruda, de Lawrence et de George Keyt. C'était avant que je ne rêve de me marier, d'avoir des enfants, de me mettre à écrire.

Ici, où des fourmis de la taille d'une trame dans une photo vous piquent et se sentent soulevées par une enflure cinq fois plus grosse qu'elles. Gonflées par leur propre poison. Ici, où la cassette se met en marche dans la pièce voisine. Pendant la mousson, pour mon dernier matin, Beethoven, et cette pluie.

IMPRESSION : BUSSIÈRE CAMEDAN IMPRIMERIES À SAINT-AMAND (CHER)
DÉPÔT LÉGAL : JANVIER 1998. N° 33310 (1/2854)